Ponte aérea

Ponte aérea

Felipe Frisch

Ponte aérea

MANUAL DE SOBREVIVÊNCIA ENTRE RIO E SÃO PAULO

Ilustrações **Rodrigo Bueno**

© 2015 - Felipe Frisch
Direitos em língua portuguesa para o Brasil:
Matrix Editora
www.matrixeditora.com.br

Diretor editorial
Paulo Tadeu

Projeto gráfico e capa
Monique Schenkels

Ilustração
Rodrigo Bueno

Revisão
Silvia Parollo
Lucrécia Freitas

CIP-BRASIL - CATALOGAÇÃO NA PUBLICAÇÃO
SINDICATO NACIONAL DOS EDITORES DE LIVROS, RJ

Frisch, Felipe

Ponte aérea: manual de sobrevivência entre Rio e São Paulo /
Felipe Frisch - 1. ed. São Paulo: Matrix, 2015.
208 p.: il.; 21 cm.

Inclui índice
ISBN 978-85-8230-227-9

1. Humorismo brasileiro. I. Título.

| 15-27483 | CDD: 869.97 |
| | CDU: 821.134.3(81)-7 |

Para meu pai, que me ensinou a rir da vida nos momentos mais difíceis, e minha mãe, que me deu amor suficiente para eu amar igualmente duas cidades. E para Maria Rita, paulista inspiradora e autora das minhas melhores sacadas.

Sumário

Prefácio de quem mora no Rio 9

Prefácio de quem mora em São Paulo 11

Cidade Maravilhosa x Terra da Garoa 13

Sobrevivendo à ponte aérea ou rodoviária 17

Reconhecendo o território inimigo..29

Purgatório do caos e da beleza..53

Não existe calor em São Paulo?..57

O Rio e a religião do ar-condicionado...................................61

Manual de adaptação...65

O taxismo em diferentes cores...79

São Paulo, lugar de gente feliz..89

Rio, a meca (ou maca) do bom atendimento.......................95

Des(cons)truindo a gastronomia carioca-paulistana.........103

Vou de busão, cê sabe...119

Manifesto carnavalesco paulistano.......................................129

Procurando imóvel no Rio e em São Paulo............................135

Quem fala certo?..141

Dicionário carioquês de gírias e afins....................................149

Dicionário paulistanês e paulistês...177

Afinal, qual cidade é melhor?..205

Prefácio de quem mora no Rio

Fico muito à vontade de falar do Rio de Janeiro e de São Paulo. Sou paranaense de Curitiba, Cidade Sorriso, a melhor capital do Brasil. Portanto, confesso que amo e detesto Rio e Sampa com igual intensidade. E é assim que essas duas cidades querem se relacionar com seus moradores e visitantes: entre o amor e o ódio. Os cariocas detestam os paulistas; aliás, os paulistanos. E os paulistanos querem porque querem virar cariocas. Não entendo o porquê. Para os cariocas, não existe vida possível fora do Rio e, por isso mesmo, são mais provincianos – apesar de morarem numa cidade portuária e, portanto, cosmopolita.

Quem não gosta de São Paulo não gosta do Brasil. São Paulo é a Califórnia brasileira, a única verdadeira metrópole da América Latina que abraça todos que vão tentar a vida em terras bandeirantes.

Impossível não amar o Rio de Janeiro, mas o carioca é uma espécie de napolitano tropical. É o malandro otário que tenta compensar a incompetência com a sua natural simpatia. O paulista é mais "profissa", leva as coisas muito a sério e, quando quer relaxar, tenta imitar os botequins cariocas, coisa que realmente só existe no Rio. Por outro lado, é melancólica a tentativa carioca de competir com a sofisticada gastronomia paulistana.

A beleza do Rio é natural, a beleza de São Paulo é sutil e mais complexa de entender. Mas é muito agradável um fim de semana em São Paulo.

Cariocas e paulistas não entendem que o destino das duas cidades se funde desde o princípio. Para quem não sabe, a Cidade Maravilhosa foi fundada por paulistas. E, na prática, para mim, que moro no Rio, hoje em dia é mais simples trabalhar na Avenida Paulista do que enfrentar um engarrafamento até a Barra da Tijuca.

E, por último, tem coisa mais ridícula que aplaudir o pôr do sol no Arpoador? Coisa de cariocas e paulistas, quer dizer, paulistanos.

Marcelo Madureira, humorista

Prefácio de quem mora em São Paulo

Para um paulista paulistano, como eu, o Rio de Janeiro sempre foi associado ao turismo, ao lazer, ao prazer. A cada visita a pergunta se colocava: como é que alguém faz para trabalhar num lugar como esse? Até que o tempo passou e eu mesmo tive que começar a trabalhar no Rio. Trabalhar e viver. E viver é justamente o segredo do carioca.

Se o tempo permite, por que não tentar aproveitar uns minutos de praia? Se a orla é plana, por que não retomar a bike ou aprender a patinar no calçadão? Se o clima é quentíssimo, por que não tomar um chope geladaço?

Em São Paulo é muito mais difícil parar. Sequer pensamos na possibilidade. Ao olhar em volta sempre enxergamos trabalho. É mais chato mesmo. Mas gostamos assim.

Este livro traz comparações muito interessantes, algumas trágicas e outras cômicas, sob a ótica de um autor com "dupla nacionalidade". Eu me diverti bastante lendo...

Uma única coisa não ficou clara para mim: se no Rio de Janeiro os bombeiros cuidam do encanamento, deve um paulista convocar os encanadores em caso de incêndio?

Paulo Bonfá, humorista e apresentador, é o idealizador do maior festival de humor do mundo, o RISADARIA, que acontece em 11 cidades brasileiras. Ele não usa sandálias nem chinelos de dedo em dias úteis.

Cidade Maravilhosa x Terra da Garoa

Tão perto e tão longe, Rio e São Paulo são cidades bem próximas com a ajuda da ponte aérea e da tecnologia, porém têm hábitos, culturas e expressões linguísticas muito diferentes. Elas até parecem muito distantes para se preocuparem uma com a outra e terem tanto orgulho e tantos problemas parecidos.

Da série de bobagens inventadas pelo ser humano, merece destaque a rivalidade entre cariocas – como os paulistas chamam todos que nascem no estado do Rio – e paulistanos – que quem nasceu no Rio teima em chamar simplesmente de paulistas.

A raiz dessa rixa parece estar nas percepções que as próprias cidades despertam em seus nativos: o Rio é bom, mas é ruim, São Paulo é ruim, mas é bom. O Rio faz jus à sua fama de cidade linda, que todos desejam, pela qual todos babam, embora às vezes decepcione. Já São Paulo pode não ser muito bonita à primeira vista, mas ela sabe disso e, talvez por isso mesmo, use seu charme para seduzir e acaba conquistando as pessoas com o tempo.

Se por um lado é fácil encontrar imagens do Rio pintadas em obras de artesanato vendidas nas feirinhas de São Paulo, é impossível que um artista da feira hippie de Ipanema não caia na gargalhada se você perguntar se ele tem aquele quadro com a imagem do Masp. Por isso, se você for carioca, cuidado: admitir que gosta de São Paulo pode fazer sua certidão de nascimento ser cassada, especialmente se fizer essa revelação nas areias do Arpoador num sábado de sol.

De modo geral o carioca é orgulhoso, adora dizer que o Rio é o máximo, a cidade mais bonita do mundo, mesmo que ele não conheça outro lugar, derreta para ir ao trabalho e seja diariamente maltratado pelos seus serviços. Quando tudo dá errado, se esquece do mundo e fica feliz porque tem praia no fim de semana, ainda que nem a frequente, porque não curte ou porque não tem um percentual de gordura no corpo baixo o suficiente para frequentar o Posto 9, em Ipanema. Se fossem depender da autoestima do carioca médio, os psicanalistas morreriam de fome.

Já o paulistano é um caso perdido: ama odiar São Paulo. Xinga a cidade, reclama do estresse, do chefe, dos buracos na rua, da poluição, do trânsito, fala que no ano que vem se muda para o interior ou para a praia, mas compra outro carro, aproveita o que a cidade tem para oferecer (comida boa, teatro, museus, pizza, cinema, balada, comida, exposições, parques, consumo e comida novamente), continua morando nela e troca de carro no ano que vem.

Uma grande injustiça nessa competição está nos apelidos das duas cidades: Terra da Garoa e Cidade Maravilhosa. Ambas merecem revisões, já que não existe mais garoa em São Paulo (os meses e anos hoje dividem-se entre a temporada de enchentes e a de seca) e o Rio já não tem mais os encantos mil (devem ter sobrado uns 153) da música a partir da semana seguinte ao seu lançamento.

A primeira vitória dos cariocas está na própria referência à briga, em geral mencionada como rivalidade entre Rio e São Paulo, com o Rio na frente, como em geral é usado ao se falar do "eixo Rio–São Paulo". Ok, os paulistanos discordarão, dirão que é apenas por uma questão de sonoridade.

Apesar da vasta experiência do autor no assunto – um carioca com mais de 20 anos de Rio de Janeiro e mais de 10 de São Paulo –, para fugir um pouco do achismo com relação a essa adulta relação entre Rio e São Paulo, faz parte dos capítulos aqui presentes uma pesquisa com mais de 500 pessoas de todo o Brasil para saber o que é melhor e pior em cada uma das cidades e qual delas é melhor para morar. Alguns resultados foram surpreendentes, e conto nas próximas páginas.

Para cariocas e paulistanos que se acham a última bolacha (ou biscoito) do pacote, é bom deixar claro que essa rivalidade não é sequer original. Somente no Brasil, ela encontra semelhanças na relação entre cidadãos de Recife e de Salvador, e na disputa às vezes também bastante aguerrida entre manauaras e belenenses, que competem até pelo número de habitantes em suas regiões metropolitanas. No fundo, é uma briga de egos para definir quem é o maioral em influência em sua região.

Ok, para sermos mais chiques e antes que alguém diga "só no Brasil, para alguém perder tempo com isso", saiba que Nova York e Los Angeles também se digladiam para saber qual das cidades tem o comportamento mais invejado pelos norte-americanos. Obviamente, não precisamos avançar na comparação e chegar a casos em que as disputas regionais dentro do mesmo país levam a conflitos físicos de fato.

Um dado curioso que eu percebi ao longo da pesquisa para este livro é que não há unanimidade nem mesmo quanto aos alvos desse bairrismo. Como Rio e São Paulo herdaram os nomes dos seus estados (ou vice-versa), há divergências até para definir se a disputa é entre cariocas e paulistanos ou entre fluminenses e paulistas. Em geral, claro, quem é do interior quer entrar na briga e diz que ela ocorre entre as unidades federativas. Já quem é das respectivas capitais tende a discordar.

Enfim, uma birra infantil e lógica equivalente à que existe entre Brasil e Argentina no futebol. E, tal como ocorre na peleja análoga, sempre tem gente boba, nos dois lugares, que a leva a sério. Não é o caso deste livro e, se é o seu, afaste-se dele.

As diferenças entre Rio e São Paulo vão muito além das gírias, do chiado de um, da fala anasalada do outro, da gastronomia incrível de uma, do atendimento sofrível da outra, da presença da praia em uma cidade, ou sua ausência na outra. As semelhanças também. O importante é saber rir delas.

Se este livro não servir para demonstrar quão parecidas são as duas cidades, ao menos servirá para mostrar outras diferenças além do biscoito e da bolacha e ajudar você a implicar com o seu amigo da outra cidade.

Sobrevivendo à ponte aérea ou rodoviária

Esse papo de que São Paulo é a locomotiva do Brasil é uma grande bobagem, que só seria verdade se as pessoas ainda viajassem de trem pelo país. Hoje, o mais coerente seria dizer que São Paulo é a cabine do necessitado de manutenção avião brasileiro, cujo voo pode atrasar de vez em quando. O primeiro passo para se adaptar à vida entre as duas cidades é entender como funciona a entrada e a saída de cada uma delas. Embora o trajeto de ônibus seja aparentemente mais econômico, a ponte aérea acaba sendo a principal ligação entre as duas cidades, com voos a cada 15 minutos e infinitas promoções de passagens, qualquer que seja sua renda. A diferença é que o pobre (falando por experiência própria) sempre aproveita as promoções de fim de semana para comprar os trechos com desconto, se possível combinando Dia das Mães com Natal, fingindo que vai em dezembro e só volta em maio, e vice-versa, para aproveitar o desconto para quem permanece mais tempo no destino (fica a dica). Ah! E sabe como descobrir quem é paulistano e quem é carioca na ponte aérea? Se ele não for alguma celebridade e ainda não tiver aberto a boca, claro, o carioca é o que está de meia branca esportiva (aquela que os paulistanos usam na academia), ou bermuda e chinelo se for sábado de manhã, e pede para viajar na janela, mesmo que faça o trajeto toda semana. Se for mulher, a do Rio é a que está com vestido alegre e colorido. Caso seja sua primeira experiência no trajeto, veja a seguir algumas dicas do que esperar e de como embarcar nessa viagem emocionante nos principais terminais das duas cidades.

Rio de Janeiro — Santos Dumont

Atendente de companhia aérea no embarque vocifera gritos de feirante, dizendo: "Mantenham documentos em mãos, por gentileza!", "Gente, vamos formar duas filas, por favor!", para, no fim, embarcarem os dois grupos ao mesmo tempo e misturados, embaralhando os passageiros das fileiras da frente com os das fileiras de trás, e o voo atrasar meia hora.

Esse evento, claro, é precedido de avisos incompreensíveis dos alto--falantes devido à "excelente" acústica local. Não se iluda com os pedidos de "por favor" e "por gentileza" dos funcionários do aeroporto. Eles serão ditos em um tom de voz que jamais parecerão uma delicadeza de fato. Fique feliz se o ar-condicionado estiver funcionando.

Rio de Janeiro — Galeão

Ao contrário do que algum flamenguista possa dizer, a grande vergonha do Rio não é o Vasco. É o Aeroporto do Galeão. Se Thomas Edison quisesse inventar um lugar onde nada funcionasse, não teria tido tanto êxito.

Apesar das já tradicionais trocas de portões dos aeroportos brasileiros – "Queiram, por favor, se encaminhar para o portão 16AB" –, você fica aliviado quando vê que o portão 16 é perto. Quando se dá conta, percebe que o 16AB fica no subsolo (AB deve significar abaixo do solo) e o ônibus vai levar você até o avião. O horário marcado, é claro, já foi esquecido há tempos.

São Paulo — Congonhas

Como São Paulo é uma cidade rancorosa e ciumenta, ela se vinga sempre que você decide deixá-la, mesmo que seja apenas por um fim de semana, colocando toda sua frota de carros para impedir que você chegue ao aeroporto, à rodoviária, ou mesmo a qualquer estrada, especialmente se o destino for o Rio. Você, invariavelmente, chega ao aeroporto correndo e faz todo o percurso lá dentro da mesma forma, já que obviamente está atrasado.

Se o embarque no Santos Dumont parece uma feira livre (carioca), o do aeroporto correspondente em São Paulo parece um atendimento de telemarketing: muito gerúndio, mas nada se resolve. As duas filas já estão formadas antes de a companhia aérea começar a chamar, pois paulistano adora uma fila. O problema é que as empresas de aviação brasileiras também.

Então, é bom malhar bem a perna antes de comprar uma passagem, pois você vai ter que esperar bastante tempo em pé. Quando a fila estiver pronta e você achar que o embarque para o seu voo vai começar, esteja certo de que isso acontecerá no portão da outra ponta do aeroporto, talvez também no subsolo. Subir na vida em Congonhas é quando o portão de embarque do seu voo passa para o piso superior.

São Paulo — Guarulhos

O Aeroporto de Cumbica é aquele do qual você sempre se arrepende de ter escolhido, normalmente porque a passagem é mais barata e sob o falso argumento de que "ah, nem é tão longe assim". Você ficará feliz com a eficiência do aeroporto ao descobrir que já é hora de embarcar, bem no horário previsto, quando, então, vão enfiar você dentro de um ônibus (o que você já acha normal se frequentemente circula nos aeroportos brasileiros).

Mas, quando você achar que vai sair do ônibus para entrar na aeronave... Arrá! Vão colocar você num salão de embarque no meio da pista, o famoso "puxadinho", onde ficará refém por horas, pois aí já não é mais possível voltar ao terminal e desistir dessa loucura que é voar no Brasil. Você permanecerá ali até a hora de embarque do seu voo de fato, três a quatro horas após o previsto, tempo mais do que suficiente para terminar de ler este livro.

No fim das contas, você perceberá que, se somar o tempo de viagem até o aeroporto, a antecedência de uma hora exigida pelas companhias aéreas, o atraso frequente, a hora de voo, mais uma hora para chegar do Galeão ao seu destino de fato no Rio, terá valido mais a pena ir de ônibus mesmo.

Novo Rio — Terminal Tietê

Se você leu os itens anteriores e acha que nada pode ser pior do que fazer esse trajeto aparentemente rápido de avião, acredite: você ainda pode precisar fazer essa viagem de ônibus. Mesmo com a ascensão da classe C, a facilidade de compra de passagens aéreas em promoção, com antecedência e parcelamentos a perder de vista no cartão de crédito, sempre acontece, para o carioca que mora em São Paulo e para o paulistano que mora no Rio, de ter que ir às pressas para sua cidade

natal, porque não se programou antes ou porque o papagaio da ex-
-vizinha morreu.

Nesses casos, se você não quiser vender o carro para comprar uma passagem aérea em cima da hora, não quiser passar seis horas dirigindo, ou simplesmente não tiver um automóvel, só resta recorrer ao tradicional Marcopolo, com a tranquilidade de saber o preço que pagará, pois é o mesmo em todas as viações, variando apenas o modelo da poltrona e serviço. Há quem chame de cartel, mas isso é coisa de brasileiro que vê maldade em tudo.

Mas espere! Se você ligar agora, ainda ganha uma passagem rodoviária para viajar durante o dia, e tem ainda a oportunidade de compartilhar do gosto cinematográfico do motorista do ônibus enquanto assiste a até dois filmes incríveis escolhidos nas melhores bancas de DVD pirata do ramo! São obras que ainda levarão anos para chegar à *Sessão da Tarde*.

Além disso, o serviço de bordo dos ônibus é melhor do que o de voos domésticos (seriamente falando), com dois pacotinhos de bolacha (ou biscoito), amendoim, bala de sobremesa e copinhos de água mineral à vontade. Sim, eu disse à vontade! É pura ostentação.

Como as empresas de ônibus não querem ficar para trás das companhias aéreas, também contam com programas de milhagem! Faça já o seu Pobrecard e ganhe UMA passagem no mesmo trecho e modalidade de ônibus a cada DEZ trajetos iguais, se você aguentar. Se isso tudo não convencer, saiba que todos os ônibus têm ar-condicionado (o que nem sempre vale em aviões brasileiros) e muitos vêm equipados com *wi-fi*, que até funciona de vez em quando.

Para relaxar, você poderá descer do ônibus em alguma parada escolhida a dedo pela empresa de ônibus (que, muitas vezes, é dona do estabelecimento) para ir ao banheiro ou comprar um pacote de biscoito (ou bolacha) de uma marca genérica por dez vezes o que pagaria por uma marca conhecida num supermercado honesto da cidade.

Isso tudo sem falar da delícia que é desembarcar na rodoviária de São Paulo e, mais ainda, na do Rio, e contar com a hospitalidade dos serviços de transporte oferecidos pelos taxistas que buscam você no saguão, sem ter tempo de decidir ou dizer não.

Obviamente, a sensação de chegar ou de sair pela Rodoviária Novo Rio provoca sentimentos diametralmente opostos ao de embarcar ou desembarcar no Santos Dumont, fazendo você prometer que nunca mais voltará à cidade, não importa quantas reformas sejam feitas.

Agora, se depois disso tudo você ainda quiser se aventurar pelos céus e estradas do Brasil varonil, aqui vai um breve glossário do caos aéreo e rodoviário brasileiro.

Adiantamento de voo: o que você pede, quando vai embarcar na Ponte Aérea Rio–São Paulo, para conseguir pegar um voo que vai sair no horário originalmente previsto para o seu, ou com apenas uma hora de atraso. Tá aí uma dica preciosa. Deve ter sido invenção de algum carioca esperto, ou algum paulistano apressado, mas é possível antecipar seu voo, aguardando ao lado da fila de embarque do voo anterior da mesma companhia aérea.

Aeronave: você percebe que está passando muito tempo da sua vida no aeroporto quando começa a chamar avião de aeronave.

Aparelhos eletrônicos: aqueles que interferem no sinal dos equipamentos do avião até as empresas começarem a cobrar por ligações e acesso à internet em seus voos. Fora que aquele seu vizinho de poltrona nunca desliga mesmo o tablet ou o laptop.

Assento conforto: saída de emergência cuja poltrona não reclina e impede o porte de bagagem de mão em mão – trinta anos atrás era o único lugar do avião com espaço entre as fileiras.

Assentos flutuantes: uma piadinha das companhias aéreas. Afinal, você já soube de alguém que foi salvo por assentos que boiam? E alguém já disse "ufa!" depois de algum comissário informar que os assentos flutuam? Eu não me incomodaria se os assentos fossem de concreto, porém mais espaçosos.

Assentos livres: a guerra de todos contra todos.

Assentos marcados: uma ficção das companhias aéreas. Se você der sorte, comprará passagem para o mesmo modelo de aeronave em que embarcará. Do contrário, aproveite para interagir com os outros passageiros discutindo quem é dono de que lugar e fazer amigos. Ou inimigos.

Atraso: qualquer período acima de duas horas. Algo que só não vai acontecer se você tiver lugar para sentar e estiver precisando de tempo para escrever alguma coisa genial para um livro. Se estiver com pressa, saque o notebook da mochila e comece a fazer algo importante. É certeza de que vão chamar seu voo.

Banheiro: só use em caso de emergência extrema, especialmente em ônibus, na rodoviária ou nas paradas da estrada. É uma aventura inesquecível, mais ainda se o veículo estiver em movimento pelas planas estradas brasileiras.

Caos aéreo: um nome criado para parecer que os problemas também são passageiros. Uma boa forma de não precisar escolher um culpado só (ou para não ter um só culpado) por tudo que dá errado durante o trajeto de uma pessoa que apenas quer embarcar num lugar e chegar a outro.

Classe: coisa que os aviões da ponte aérea perderam há tempos, mas que os ônibus interestaduais resolveram resgatar, para você poder ter aquele sentimento de pertencer a uma casta superior, por ficar separado na parte dos assentos do tipo leito do busão, enquanto vê a galera da classe inferior entrando com cara de inveja e recalque do seu assento 95% reclinável.

Classe C: também conhecida como a "nova classe média", foi eleita como uma das culpadas pelo caos permanente nos aeroportos, ainda que tenha acabado de chegar ao saguão e não haja registros de qualquer representante do segmento que seja proprietário de companhias aéreas ou terminais de voos.

Companhias aéreas: entidades superiores que nunca têm culpa de nada.

Confirmado: esse voo não sai com menos de uma hora de atraso.

Despacho de bagagem: decisão da qual você se arrependerá durante todo o restante da viagem. Ou da vida. Tem esse nome por isso, porque só com muita macumba para seus pertences chegarem intactos e serem devolvidos integralmente a você até o fim do trajeto.

Despressurização da cabine: fodeu.

Embarque próximo: próximo dali, em qualquer outro portão. Mensagem que aparece em cima do seu suposto portão de embarque se você estiver com fome e vontade de ir ao banheiro ao mesmo tempo.

Mas só vão chamar o seu voo quando você desistir de esperar na fila e já estiver na cabine do privativo. Fique feliz se conseguir ouvir o som do alto-falante na hora. O voo só vai estar no horário de fato se você, e apenas você, estiver atrasado.

Executivo: ônibus com suporte para copo e água.

Féshteniórcitibélti: "apertem os cintos de segurança", em inglês de comissário de bordo. A frase completa é: *"Diz iz fláite nãmber fór síquis tiú náine, plís féshten iórciti bélti éndi púti de trêi têibou in de âpirraite posichion. Târnófi de eletrônique divaisses ivén ifi in fláiti môudi. Tênqui iul for tchuzim* Gol/Tam/Avianca/Azul/Varig/Vasp/Transbrasil".

Galeão: é aeroporto. Mas pode chamar de rodoviária de estrada mesmo.

Horário de embarque: é, com sorte, o horário em que você vai embarcar no ônibus que vai levá-lo à aeronave.

Leito: mais caro do que avião, mas que você paga com a ilusão de que dormirá a viagem inteira, pois não sabe que vai viajar perto de você uma pessoa que ronca alto. Serve ainda para aliviar aquele seu rancor de nunca poder viajar na primeira classe ou executiva do avião em voos internacionais, sentindo prazer ao ver os pobres da classe econômica entrarem e verem você tomando um espumante enquanto aguarda a decolagem.

Lembre-se dos pertences trazidos a bordo: mensagem dita pelos comissários de bordo, porque, quanto aos despachados, não há nada mesmo que você possa fazer.

Low fare, low cost: expressão em inglês para empresas de "baixo custo, baixa tarifa", que algumas empresas brasileiras juram ser, só esqueceram de baixar os preços das passagens, pois a qualidade do serviço e o espaço nos assentos já são reduzidíssimos. As empresas brasileiras estão mais para "not fair" (não justas).

Ônibus: o que você lamenta não ter pegado quando achou que era mais rápido ir até Guarulhos para ir ao Rio. Mas sempre tem um para te levar para o avião ou para uma sala de embarque no meio da pista, quando você achava que já iria entrar no avião.

Overbooking: é, é isso mesmo. Em sua padaria, seu Manoel não pode vender pão se não tiver para entregar, mas companhia aérea pode vender o que não tem. Esse nome bonito, em inglês, significa isso, que elas venderam mais lugares do que tinham. Esse problema vai acabar quando permitirem que os passageiros viajem em pé.

Pão de queijo: qualquer coisa pequena e borrachuda para comer que custe o valor de um sanduíche do lado de fora do aeroporto. O valor se justifica pelo fato de cada unidade da iguaria ser feita individualmente e sob demanda, pois leva 15 minutos para ser entregue, especialmente se já estiverem chamando o seu voo.

Parada de 15 minutos: leva 45 minutos, porque sempre tem aquela pessoa sem noção e sem pressa de chegar, por quem o motorista fica pacientemente esperando, mas que você torce para que seja esquecida.

Passageiro: se você conseguiu superar todos os outros obstáculos criados para saber se você quer mesmo viajar e chegou até aqui, este pode ser o seu teste final para saber se está preparado para a aviação civil (que, no caso, de civilizada não tem nada) brasileira. É o sujeito que acha que pode colocar o pé na poltrona da frente, que o número da poltrona dele é só parte de um sorteio de bingo, e que ele pode sentar em qualquer lugar, ou que acha que todo mundo do voo tem que esperar ele guardar no bagageiro interno superior o berimbau que comprou na feira hippie, instrumento que vai esquecer no voo ou na casa de praia porque nunca vai usar.

Piso inferior: repare na forma como eles destacam a palavra INFERIOR, parecendo que estão falando claramente de você, quando vão avisar que o seu portão de embarque mudou para um que fica no andar assim chamado. Significa que você está na merda. Comprou passagem para ir de avião, mas vai viajar é de ônibus mesmo. Pelo menos até o avião, que, com certeza, estará atrasado. E fique feliz se o veículo estiver com o ar-condicionado funcionando.

Ponte aérea: lugar de encontrar gente famosa e gente que acha que é. Além de tirar foto para colocar em alguma rede social, você pode usá-los para lhe dar a sensação de segurança. Afinal, não pode acontecer nada num voo em que está o ex-BBB 237. Aí você lembra que pode, sim.

Portão de embarque: mentira que as companhias aéreas sabem onde estará o avião em que você embarcará. Na verdade, o número que está impresso em seu cartão de embarque é escolhido num sorteio estilo jogo de bingo, pois, invariavelmente, não guardará qualquer relação com a realidade, em que este número mudará algumas vezes.

Pousar na água: outro eufemismo para "fodeu". A não ser que você esteja com aquele piloto que pousou no Rio Hudson, perto de Nova York, que deve ter sido o primeiro da história a conseguir fazer isso. Afinal, você não vai querer testar se os assentos flutuam mesmo ou não.

Previsto: se a tela informa que o seu voo está "previsto", meu amigo/ minha amiga, é melhor sentar e relaxar (no chão, provavelmente), pois isso significa "não fazemos ideia do horário em que o avião vai chegar". Você acredita em previsão do futuro? É a mesma coisa, só que com menos chances de acerto. Tenha fé.

Problemas na aeronave: algo de que você não quer saber detalhes.

Puxadinho: é possível explicar para um gringo o samba, a caipirinha e até o Minhocão. Mas isso, não. Estamos a caminho das salas de embarque infláveis, acredite.

Raio X: máquina com poder de transformar as pessoas em volta em idiotas, que só percebem que as moedas do bolso e o celular são feitos de metal quando chegam em frente ao detector de metais. Algumas, só depois que passam pelo aparelho. Se houvesse teste psicotécnico antes de voar, os voos estariam vazios no Brasil. Seria o fim do caos aéreo e das empresas.

Refrigerante: igual ao pão de queijo, só que líquido. Dentro do avião, só meio copo mesmo, com uma pedra de gelo meio derretida.

Reposicionamento da aeronave: o que acontece pelo menos duas vezes até descobrirem e informarem o número que vai valer de fato. O número impresso no seu cartão de embarque é só seu número da sorte, coisa que, se você tivesse mesmo, não seria brasileiro, ou não dependeria do serviço aeroportuário do país.

Restituição de bagagem: o sujeito pode estar vindo de um safári na África, mas o momento mais emocionante da sua viagem será o da espera pela mala despachada, sem saber se ela chegou ou não, até que ela apareça ou que a esteira para de rodar, o que acontece várias vezes antes da parada final, só para dar mais emoção. Tem esse nome porque gera tanta ansiedade quanto a restituição do Imposto de Renda, já que, nos dois casos, é possível que você caia na malha fina da Lei de Murphy e não receba nada. Tem todos os ingredientes de uma boa aventura, como dúvida, risco, adrenalina, perigo, tensão, suor, torcida e, eventualmente, alívio.

Salão de embarque: parece um banheiro de estrada, onde nada funciona e tudo é caro, mas é um lugar onde todas as emoções podem acontecer. Quando você menos esperar, pode ver uma multidão correndo em sua direção, e não é porque o Justin Bieber chegou a Guarulhos, mas porque o portão de embarque do voo sofreu a 14ª alteração.

Semileito: o leito mais barato, apenas porque tem o risco de ir alguém chato sentado ao lado.

Serviço de bordo: uma bolachinha seca de alguma marca genérica, dessas que vendem por menos de R$ 0,50 na Central do Brasil ou no Largo Treze. Pode ser trocada por pacote de amendoim de 15 gramas (aproximadamente cinco bolinhas) vencido, que mais ofende, dá fome e seca a garganta (o gole de refrigerante oferecido com meia pedra de gelo não dá conta) mais do que qualquer coisa. Também, ninguém mandou reclamar das barrinhas de cereais.

Serviço de bordo pago: para você que reclamava do lanchinho sem graça citado anteriormente, em geral não disponível na ponte aérea.

Solo: "a aeronave encontra-se em solo" significa apenas que "o avião chegou, mas continuamos sem a menor ideia da hora em que você vai embarcar".

Terminal: é o estágio da vida em que você se sente ao chegar a um deles.

Tom Jobim: segundo nome do Aeroporto do Galeão, no Rio de Janeiro. Era para ser uma homenagem, mas não parece. Se eu fosse da família do compositor, agradeceria e pediria para mudarem de volta, ao menos até terminarem a reforma que começou em 1990.

Turbulência: mecanismo utilizado pelas companhias aéreas para animar o voo e interromper o pobre serviço de bordo (já que os dois eventos sempre ocorrem simultaneamente) e, assim, poder economizar refrigerante sem gás e gelo derretido.

Última chamada: é o status do seu voo imediatamente após o "embarque próximo". Mais uma tentativa de as companhias aéreas proporcionarem mais emoção e uma vida saudável dando aquela corridinha que você não teve tempo de fazer na academia, pois teve que ir para o aeroporto quatro horas antes do horário em que o seu voo iria de fato sair.

Wi-fi: o que os ônibus interestaduais dizem que têm, mas raramente é verdade.

E boa viagem!

Reconhecendo o território inimigo

O carioca acha que o Rio é uma cidade grande até se mudar para São Paulo e ter que aprender a verdadeira utilidade da rosa dos ventos que ele conheceu na escola. Em São Paulo tudo tem dimensões gigantescas. O paulistano aprende desde pequeno a calcular o engarrafamento em centenas de quilômetros de lentidão, medida anunciada com a naturalidade e a precisão da previsão meteorológica nos telejornais locais e desconhecida pela maior parte dos cariocas.

Antes que o leitor carioca comece a contar vantagens sobre o trânsito paulistano – ou depois de muitos anos fazendo isso –, está aí um mito que precisa ser desmontado: de que os engarrafamentos do Rio são mais agradáveis do que os de São Paulo.

Segundo a pesquisa feita para este livro, 48% das pessoas consideram o trânsito do Rio tão ruim quanto o de São Paulo, enquanto apenas 23% ainda avaliam as condições de locomoção sobre rodas no Rio melhores do que as de São Paulo e 15% (pasmem) preferem a capital paulista nesse item. Um percentual de 9% de loucos, ou que só andam de metrô ou não entenderam a pergunta, consideram as duas cidades "igualmente boas" no item.

Entre cariocas, 34% ainda defendem os engarrafamentos da Cidade Maravilhosa, 7% preferem respirar fumaça em São Paulo, mas o percentual dos que acham ambos igualmente ruins não se altera. Curiosamente, 21% dos paulistanos consideram as condições de tráfego em São Paulo melhores, contra 13% que preferem o Rio nesse quesito, e 49% dão empate.

Áreas verdes

A principal utilidade das árvores que existem em São Paulo é segurar e derrubar emaranhados de fios de eletricidade suspensos que nunca serão enterrados, pois, afinal, isso dá um toque de cidade de interior a essa metrópole tão urbana.

Se quiser encontrar verde em São Paulo, basta procurar qualquer placa de sinalização nas ruas da cidade: haverá uma árvore enorme não podada na frente dela, impedindo a visualização.

Arpoador x Praça Pôr do Sol

Paulistanos são objetivos. Se Ipanema ficasse em São Paulo, o Arpoador se chamaria Pedra do Pôr do Sol. Embora seja difícil transitar pela cidade (e talvez por isso mesmo), o cidadão de São Paulo gosta de tudo bem explicado e didático. Se de uma praça é bonito ver o sol se pondo, ela deve ser apelidada de "Praça Pôr do Sol" (porque o nome oficial dela é Praça Coronel Custódio Fernandes Pinheiro).

No Rio, como o carioca acha que tudo é um espetáculo produzido especialmente para ele, bate palma para o respectivo movimento. Alguém dirá: "Ah, mas tem gente que faz isso em São Paulo também!". Provavelmente foi alguém chegando do Rio que importou a tradição.

Avenidas infinitas

Em São Paulo é possível encontrar ruas em extremos opostos da cidade com o mesmo nome. Da mesma forma, aquela reta, que tem tudo para ser uma rua só, consegue ter uns seis nomes diferentes em menos de um quilômetro.

Quem é de fora acha que a Rua Augusta, por exemplo, fica muito longe da Avenida Cidade Jardim ou da Avenida Europa, sem fazer ideia de que as três são a mesma via, mudando de nome sem prévio aviso ou motivo claro, podendo ainda ser chamada de Rua Colômbia, a menos conhecida de todas, no meio do caminho. O que revela, no mínimo, dificuldades com o mapa-múndi por parte de quem teve a ideia.

A Avenida Brasil paulistana vira Henrique Schaumann, Paulo VI e Avenida Sumaré. Por pouco não termina na Avenida Brasil do Rio. Os exemplos, assim como algumas ruas, são intermináveis: a Avenida

Paulista vira Bernardino de Campos, que se transforma em Rua Vergueiro, sem qualquer divisão lógica que justifique. Ou seja, vai ver São Paulo não é uma cidade tão grande assim, só tem muitas ruas com vários nomes.

Bairros x distritos

Uma coisa difícil em São Paulo é saber o nome do bairro em que você mora. Tudo depende da fonte: se são os Correios, o porteiro do prédio, o taxista, a pizzaria *delivery* ou o Google Maps. E nenhum deles estará certo. É o paraíso do investidor do mercado imobiliário, que pode comprar um apartamento barato em Santa Cecília e vender o mesmo imóvel pelo dobro do preço em Higienópolis.

Uma justificativa para isso é que a cidade é originalmente dividida em distritos que englobam bairros, alguns com os mesmos nomes dos distritos em que estão inseridos. Outra explicação, mais realista, é que ninguém conhece (ou melhor, ninguém entende) a cidade mesmo. Alguns bairros não são formalmente reconhecidos pela prefeitura ou encontram divergências a respeito de seus limites, depende da fonte utilizada.

Apenas a título de curiosidade, São Paulo tem mais de 800 bairros e 90 distritos, segundo levantamento feito para este livro (sim, teve isso também).

Os nomes de alguns bairros de São Paulo são conhecidos apenas por quem os lê diariamente no letreiro do ônibus, que mesmo assim muitas vezes desconhece que aquele aparentemente longínquo local é o seu próprio destino. Por isso, até deve haver quem acredite que existem os bairros "Jardim Garagem" e a "Vila Reservado".

Bicicletas e ciclovias

O paulistano é um cosmopolita quando viaja para o exterior. Porque usar bicicleta como transporte público é coisa de bicho-grilo. E, logicamente, falar mal de ciclista é coisa de coxinha. Daqui a pouco vão querer que o cara use metrô, como faz quando vai a Paris ou Nova York. Bicicleta é para passear no parque, e ponto.

A verdade é que pedalar pelas ruas de São Paulo deveria ser considerado esporte radical, dada a quantidade de buracos existente. Tudo para estimular o espírito de aventura do paulistano, que tem a impressão de estar participando de um circuito de *motocross* sem as roupas e o equipamento adequados.

Outra oportunidade que só São Paulo oferece é a de usar uma ciclovia ao lado do cheiroso Rio Pinheiros, com alguns poucos pontos de saída, o que faz o passeio parecer mais com uma sessão de tortura por asfixia. Os cariocas, como são atletas por natureza e têm a boa desculpa dos belos cenários por onde transitam, já tiraram as rodinhas das bicicletas há mais tempo e alguns até as utilizam para ir ao trabalho, mas não deveriam, considerando as temperaturas amenas da cidade, que os fazem chegar encharcados de suor, exalando saúde pelo resto do dia.

Para muitos pedestres da cidade, no entanto, a ciclovia parece ser uma imensa faixa de pedestres. Especialmente na orla, considerando que é frequente ver crianças atravessando nessas vias sem sequer olhar para os lados, com as mães logo atrás, depois de se certificarem de que a travessia é segura.

A quantidade de ciclovias no Rio jamais será suficiente, pois o carioca continuará pedalando pela calçada, tanto por diversão quanto por um talvez justo medo de ser atropelado por um ônibus, e achará ruim que alguém reclame.

Calçada em São Paulo: mito ou realidade?
A maior prova de que São Paulo não foi feita para pedestres é o estado de conservação (?) dos outrora chamados "passeios", esburacados e sem o menor sinal de que um dia houve plano de concreto nesses lugares, parecendo que foram atingidos por mísseis subsequentes, e muitas vezes repletos de lixo abandonado persistente.

Mais uma vez nos vemos diante do enigma de Tostines: será que as calçadas foram abandonadas porque o paulistano médio só anda de carro, ou será que as pessoas desistiram de andar a pé porque simplesmente não têm como fazê-lo sem tropeçar e cair diversas vezes?!

Porque falar em calçada em São Paulo chega a ser força de expressão: tudo que falta nas passagens de pedestres paulistanas são caminhos propriamente "calçados". Logicamente, os bairros em que as calçadas são mais conservadas em São Paulo são justamente os menos utilizados, como Jardins e Higienópolis.

Para piorar, sempre que um calçamento é feito ou refeito, nenhuma certeza é maior do que a de que chegará uma equipe com britadeiras para consertar um cano importantíssimo que passa embaixo dele, mas ninguém lembrou antes. De preferência depois das 23 horas. Tenho certeza de que existe um serviço da prefeitura paulistana especializado em destruir calçadas recentemente reformadas.

Calçadas climatizadas

Já as vias para pedestres no Rio são refrescadas por uma tecnologia revolucionária e extremamente carioca de gotejamento sustentável, que aproveita a água condensada de aparelhos de ar-condicionado mal instalados de apartamentos e escritórios.

Alguns trechos dessas calçadas chegam a servir de campo de estudo para fenômenos geológicos, como a erosão do solo após décadas de gotejamento de água.

Outra experiência interativa e interessante para quem visita a cidade são as quadras de campo minado, estilo *paintball*, com bueiros que podem explodir e zunir suas tampas pelos ares a qualquer momento, tamanhas são a qualidade da manutenção do subterrâneo carioca (e não só dele) e a integração entre tubulação de gás, cabeamento de telefone e energia elétrica.

Nos espaços livres restantes estão os vendedores ambulantes, também carinhosamente apelidados de "paraquedistas", dada a inovadora tecnologia que eles utilizam. Consiste em amarrar cordas nas pontas das lonas para facilitar o recolhimento rápido da mercadoria quando o rapa chega.

Caminhando e cantando

Se dependesse da velocidade com que o carioca clássico se movimenta pelas calçadas da cidade, o Rio seria a locomotiva econômica não só do país como do mundo. O sujeito do Rio dirige com tanta prudência quanto quando anda com as próprias pernas, com a ressalva de que o índice de atropelamentos é maior tendo os pedestres como seus próprios algozes.

E o carioca não esconde essa pressa ou esse questionável hábito de educação: segundo a pesquisa feita para este livro, 53% dos cidadãos do

Rio admitem que atravessam fora da faixa de pedestres sempre ou quase sempre, enquanto apenas 34% dos paulistanos admitem que o fazem.

Fica a dúvida do motivo para tanta pressa: se é em nome da produtividade ou para terminar logo o trabalho e ainda poder pegar uma praia.

Carro de carioca

O carioca usa menos o carro, até porque muitas vezes sai de casa com ele e volta sem, mas, quando tem um e se muda para São Paulo, se vê logo obrigado a trocá-lo por um modelo mais novo. Primeiro, porque provavelmente foi transferido para uma "posição" melhor na empresa, ou quer dar essa impressão para todos; segundo, porque descobre que o carro dele e o do estagiário da firma são do mesmo modelo, como já vi ocorrer com pelo menos dois amigos meus.

Em geral, a preocupação do carioca com o carro fica evidente pela quantidade de modelos Santana 1992 que ainda operam como táxis no Rio. Quando gosta muito de carro, o carioca compra um esportivo, de preferência com suporte para prancha de surfe, ainda que ele nunca tenha sequer tentado ficar em pé sobre uma na vida.

Carro de paulista

Nada mais típico da implicância do carioca do que dizer que a configuração de um carro é de "carro de paulista" (lembro que carioca não sabe a diferença entre paulista e paulistano) quando estão os dois homens sentados no banco da frente (afinal, o macho tradicional é o que dirige, o que conduz) e as respectivas mulheres no banco de trás, para falar de unha, novela, moda e fofocas de celebridades, logicamente, enquanto os homens falam de negócios, futebol e política, e decidem o futuro do país.

Com isso, o carioca quer dizer que o paulista é meio mané, porque não vai com a mulher ao lado para tirar uma casquinha, como faz o malandrão carioca. Se essa prática já foi verdade em São Paulo de forma geral, hoje deve estar limitada aos redutos mais "coxinhas" da cidade. Assim como há paulistanos que revidam e dizem que essa prática é, na verdade, dos cariocas, mas só por revidar mesmo, porque nenhuma das acusações faz muito sentido.

Carro de paulista de verdade é o que está parado no congestionamento.

Ciclofaixas

Como São Paulo é uma cidade diferente, tem ainda as ciclofaixas, pistas de rolamento originalmente reservadas para carros, mas que passam a ser destinadas às bicicletas nos domingos e feriados. Como paulistano adora uma regra (e odeia levar multa), poucos motoristas se aventuram a trafegar com seus veículos sobre as ciclofaixas mesmo durante a semana, quando o trânsito de carros sobre elas é não só permitido como exclusivo.

Isso ocorre por provável medo de o motorista paulistano estar infringindo alguma lei ao invadir a pista pintada com laterais vermelhas, ainda que esteja sinalizado que elas só valem aos domingos e feriados. Na dúvida, é melhor não transitar por ali. No Rio, o motorista carioca acharia ótimo usá-las, mesmo que fosse ilegal, se isso permitisse chegar mais rápido ao destino, assim como ele faz quando uma ambulância passa.

Cruzamento livre x honra

Como reconhecer o cidadão do Rio no trânsito de São Paulo? Não, não é pela placa. Até porque muitos já moram em São Paulo e têm carro emplacado na cidade. O carioca é o sujeito que buzina revoltado da vida, sem entender por que o carro à sua frente não fechou o cruzamento. É também o motorista que aproveita o posto de gasolina numa esquina para dar aquela furada no sinal (farol) e virar para a rua transversal quando ainda não seria a vez dele.

No Rio, fechar o cruzamento é questão de honra, prova de esperteza. Devem ensinar isso na mesma autoescola que orienta a passar com o carro em alta velocidade sobre poças de água de modo a encharcar os infelizes pedestres que têm o azar de estar na rua naquele momento. Já o paulistano (com exceção dos motoristas de ônibus, que conduzem veículos que mais parecem trens em ruas que nem sempre os comportam) respeita os cruzamentos e, acima de tudo, o "marronzinho", um dos maiores arrecadadores municipais, funcionário da prefeitura vestido numa linda cor, com a incumbência de espalhar multas pela cidade. O carioca até respeitaria os carros que vêm na transversal, não fosse aquele outro FDP vindo ali no outro sentido e que, com certeza, vai fechar a passagem quando o sinal (farol) mudar.

Delivery

São Paulo tem serviço de entrega para tudo. Ou quase tudo. Embora, aparentemente, tenha sido a cidade que inventou o motoboy, curiosamente não dispõe da figura clássica do "menino da farmácia", invenção carioca para o entregador que leva aquele tarja preta do coração (ou da cabeça) sem prescrição no meio da madrugada, a pé ou de bicicleta. Deve ter sido a primeira versão do "aviãozinho" que leva drogas da boca de fumo para os clientes.

Faixa de pedestres

Morar em São Paulo já me fez ter vontade de me candidatar a vereador (ou síndico) algumas vezes. O motivo para isso é a popularidade que tenho diante do olhar de gratidão e dos acenos efusivos de agradecimento que recebo cada vez que paro antes da faixa de pedestre, quando há alguém esperando para atravessar.

É claro que a reação dos motoristas que vêm imediatamente atrás não é exatamente tão positiva assim. Afinal, pintura no asfalto em São Paulo é vaga para automóvel, e paulistano só se acha europeu até ver uma faixa de pedestres, se estiver dirigindo.

Ainda assim, respeitar o código de trânsito internacional em São Paulo é uma ótima forma de suplantar sua carência ou eventual sentimento de solidão que a cidade desperta, pois todos vão querer falar com você, de uma maneira ou de outra.

Farol alto x buzina

Por que o motorista paulistano não apaga o farol ou a lanterna do veículo quando sai do túnel de dia? Porque ele nem acendeu. Diferente do motorista carioca, que usa farol só no túnel, para avisar aos demais motoristas que ele está chegando a toda velocidade.

São Paulo é a única cidade do mundo em que você precisa usar óculos escuros para dirigir à noite. E só à noite, já que os dias mesmo são quase sempre cinza. Talvez para compensar a falta de iluminação nas ruas, os motoristas paulistanos usam o farol alto onde quer que estejam, como se estivessem numa fazenda, o que também explica a quantidade de veículos utilitários povoando a cidade.

O objetivo parece ser mesmo o de cegar o condutor à sua frente, via retrovisor ou na mão oposta, ou ainda eliminá-los, como se a luz que sai do carro fosse um feixe de laser de Star Wars.

No Rio, os automóveis vêm com buzina no lugar do farol. E do freio. São os outros motoristas que têm que sair da frente. O carioca é também fã do pisca-alerta, que é como ele chama o salvo-conduto luminoso que vem instalado no carro e que lhe garante o direito de parar em qualquer lugar. Os mais profissionais da malandragem ainda saem do carro e abrem o capô para fingir que estão procurando algum defeito, para o caso de o guarda aparecer.

Em São Paulo, o farol do carro também substitui muitas vezes a buzina na hora de chamar a atenção do outro motorista por alguma bobagem, para evitar a barulheira provocada pela buzina que os cariocas tanto amam.

Fronteiras cariocas

A falta de clareza nas separações entre bairros é algo impensável para quem vem do Rio de Janeiro, cidade em que as fronteiras são tão claras que você é acusado de falsário se for morador da Rocinha e disser que mora em São Conrado, bairro onde a famosa favela está inserida, ou se for do Santa Marta e disser que é de Botafogo. O Rio, bem mais modesto do que São Paulo, tem 160 bairros oficiais, quase 40 extraoficiais, e quatro zonas (com todo respeito): norte, sul, centro e oeste.

Entre os lugares que muitos cariocas enganados juram que são bairros, mas não são assim oficialmente reconhecidos, estão: Usina, Muda (para tristeza dos tijucanos), Triagem, Rio das Pedras, Vila Kennedy, Providência, Largo do Machado, Jardim Oceânico, Fazenda Botafogo, Silvestre, Arpoador, Castelo, Horto e Fonte da Saudade. Paquetá, acredite, é um bairro. Da zona central. Já o Bairro Peixoto e o Bairro de Fátima, apesar dos nomes, dificilmente se passam por independentes de Copacabana e do centro (ou Lapa), respectivamente. E, de fato, não são.

Geografia

É no trânsito de São Paulo que o carioca mais sente falta da praia, não porque poderia estar relaxando em vez de ouvir buzinas e respirar enxofre, mas porque não tem o mar como referência para saber se está subindo ou descendo (ou indo para o lado) no mapa da cidade.

Quando cheguei a São Paulo, eu carregava na bolsa um guia de ruas daqueles que pareciam catálogos telefônicos (é uma comparação inútil, já que quem não conheceu um também não sabe o que é o outro). Não tem 50 anos, mas não existia celular com internet na época. Para um carioca clássico, é impensável a ideia de precisar usar um mapa para se locomover na sua própria cidade. Mas a geografia paulistana é coisa para iniciados.

Eu jurava que a Avenida Paulista terminava no mar, e não era por simples banzo, saudade de casa, mas por uma ilusão de ótica que eu tinha ao olhar no sentido Higienópolis/Consolação e só enxergar o céu no horizonte, por conta do vale que forma o bairro do Pacaembu. Anos mais tarde fui descobrir que esse fenômeno acomete muitos cariocas, provavelmente por estarem acostumados a viver numa cidade com praia.

No Rio é possível, por exemplo, morar na zona sul e nunca ter que ir às zonas norte ou oeste, ou viver em uma dessas duas e raramente passar do centro. É por isso que os cariocas se vangloriam de encontrar famosos pelas ruas: eles não saem dos próprios bairros, em geral no Leblon, na Gávea, no Jardim Botânico, em Ipanema, na Lagoa ou na Barra. É só ir até uma dessas vizinhanças e esperar uma celebridade passar.

Quando o sujeito não consegue resolver a vida entre a região em que mora e "a cidade", ele lamenta e se programa como se tivesse que ir a outro país: "*Merrmão*, vou ter que ir à Barra semana que vem, acredita?". Já em São Paulo é bem provável que você precise cruzar a cidade diversas vezes durante a semana e a sua existência, para trabalhar, estudar ou encontrar pessoas, já que tudo é mais espalhado na megalópole.

Guerra do tráfego carioca

O código de trânsito carioca proíbe o uso de seta ou de apenas uma faixa por veículo dentro dos limites da cidade. Com o tempo, seus cidadãos desenvolvem algum tipo de mediunidade para adivinhar que o carro da frente vai mudar de faixa. No trânsito do Rio, você aprende a não olhar o retrovisor porque, se olhar, não sai do lugar. Mas tudo bem, porque ninguém usa o acessório.

Há tempos o trânsito do Rio não é mais a maravilha de matar paulistanos de inveja, sobretudo desde que inventaram o trajeto entre o centro e a Barra da Tijuca. Competitivo, o carioca tem se empenhado em alcançar índices de engarrafamento similares aos de São Paulo. O fato de ser menos apegado ao carro também faz o carioca se arriscar mais do que o paulistano, que não quer arranhar à toa seu bólido que ele acabou de lavar e encerar.

A situação é agravada pela habilidade que o motorista carioca acha que tem, o que potencializa sua fama de folgado e abusado. E tantos motoristas apressados juntos, logicamente, resultam em carros que não saem do lugar. Imagine essa cordialidade no encontro da Alameda Gabriel Monteiro da Silva com a Avenida Rebouças, em São Paulo. Além da Guerra do Tráfico diária, o Rio passaria a sediar a Guerra do Tráfego.

Hora de relaxar

O carioca adora quando as pistas do lado da orla, no centro ou no subúrbio, estão fechadas aos domingos e feriados, porque isso deixa ainda maior sua área de lazer. O paulistano fica indignado, não entende, e é sempre uma imensa polêmica quando a prefeitura faz algo assim ainda que temporariamente. Como assim, deixar as ruas para as pessoas?!

Segundo a pesquisa feita para este livro, parece mesmo que o carioca sabe se divertir melhor: 49% dos entrevistados consideraram as opções de lazer do Rio melhores, contra 20% que votaram em São Paulo, e 27% que consideraram as duas cidades igualmente boas no quesito. Apenas quatro pessoas, das mais de 500 perguntadas, foram igualmente infelizes nas duas cidades quando tentaram fazer a vida valer a pena.

Entre os cariocas, logicamente, a diferença só aumenta: 62% preferem o Rio na hora de se divertir e 12% ainda gostam mais de fazê-lo em São Paulo. Mesmo entre os paulistanos, 41% preferem ir à praia ou à "night", e 24% ficam na balada ou vão jantar fora.

Horário de verão

Que delícia que é sair do trabalho com o dia ainda claro para pegar uma praia, não? Não em São Paulo, claro. Tanto no Rio como em São Paulo há pessoas que amam e as que odeiam o horário de verão. A diferença é que, no Rio, a alegria do sujeito é sair "mais cedo" do trabalho para dar um mergulho no Arpoador, enquanto em São Paulo a vantagem é poder sair num horário que permita curtir a hora do *rush* em sua plenitude.

Infinito fica em São Paulo

São Paulo desafia a matemática, a geometria, a física, a lógica. É a cidade em que ruas paralelas se cruzam, como é o caso da Teodoro Sampaio com a Cardeal Arcoverde, em Pinheiros, que se encontram depois do Largo da Batata ou da Rua Vergueiro com a Domingos de Morais, na Vila Mariana. Portanto, se as paralelas são retas que só se encontram no infinito, como ensinam nas aulas de geometria, o infinito fica em São Paulo.

Da mesma forma, algumas ruas perpendiculares jamais se cruzarão. Não espere conseguir usar a rua transversal seguinte para pegar a paralela e voltar para o lugar onde você deveria ter entrado. Você corre o risco de cair numa nova dimensão, numa realidade paralela do universo.

A forma mais eficiente de acertar um caminho em São Paulo é não conhecê-lo e se render ao GPS, a algum aplicativo ou mesmo a algum outro motorista (isso não se aplica se você for homem, pois macho de verdade, claro, não pede informação na rua). Se você acha que domina o trajeto, será tentado a procurar uma forma alternativa para chegar ao destino quando vir o engarrafamento à sua frente, o que, invariavelmente, dará errado. Se você não conhece o caminho, simplesmente obedecerá às placas (se existirem e não estiverem apagadas).

Ipanema x Leblon x Copacabana

Amigo paulistano, nem toda praia é igual. Prova disso são as três principais da zona sul carioca. A de Ipanema é frequentada pela juventude dourada e também é a mais opressora para quem não está feliz com o próprio corpo. Para estar lá e passar o dia de pé, como manda o manual do carioca sarado, recomenda-se possuir IMC (Índice de Massa Corporal) próximo de 20.

Copacabana chega a ser democrática em excesso: todas as tribos, classes sociais, faixas etárias e categorias de peso podem se encontrar por lá. Se não fosse a areia e o mar, Copacabana se chamaria Méier. O Leblon, apesar da fama criada pelas novelas (e mantida pelos preços dos imóveis e exibidos nos cardápios), reúne simultaneamente as melhores e piores coisas de Copa e Ipanema.

Jardins

Nenhuma cidade do mundo tem mais jardins do que São Paulo: é Jardim Ângela, Jardim Guedala, Jardim Odete, Jardim Glória,

Jardim Humaitá, Jardim Andaraí etc. O nome que você pensar tem um Jardim correspondente em São Paulo. Até a publicação deste livro, eram quase 200 bairros e distritos com Jardim no nome, segundo pesquisas na internet.

Eu sei que você deve estar se perguntando sobre o mais famoso deles, "o Jardins". O curioso é que justamente ele não existe oficialmente: trata-se de uma região informal que reúne Jardim Paulista, Jardim América (ambos distritos do Jardim Paulista, o mesmo nome de um deles), Jardim Europa e Jardim Paulistano (ambos distritos de Pinheiros).

Isso sem contar a meia dúzia de Chácaras e Cidades (mais de 20 cada uma, muitas informais), como Chácara Flora, Cidade Ademar, Cidade Dutra, Cidade Monções, Cidade Tiradentes, Cidade Patriarca e a sofisticada City América, nenhuma delas de fato emancipadas como município (assim como Copacabana, no Rio, tem um "Bairro" Peixoto).

Maravilhosa *merrmo*

Justiça seja feita! Decolar ou chegar de manhã via Santos Dumont em um dia de sol e céu limpo (como são quase todos no Rio) proporciona um daqueles momentos em que o carioca que se mudou para São Paulo se pergunta: por que é mesmo que eu mudei de cidade, hein? Se isso não é uma prova de amor por São Paulo, nada mais será.

E estamos falando de uma quase unanimidade: 92% dos entrevistados para este livro comprovam que, das duas, o Rio é a mais bonita. Mas o caso de São Paulo não está totalmente perdido: 5% consideram as duas cidades igualmente bonitas, grupo no qual este autor está incluído, respeitando, claro, as singularidades de cada uma.

Para os cariocas, logicamente, o percentual dos que consideram o Rio mais bonito dispara para 97%, com apenas um voto para São Paulo. Entre os paulistanos, a capital fluminense sofre uma baixa nesse item: 88% acham o Rio mais bonito.

Curiosamente, os paulistanos que moram no Rio parecem ser assolados de um saudosismo enorme; 11% passam a considerar São Paulo mais bonita, enquanto outros 11% dão empate para as duas cidades, e somente 78% continuam achando o Rio mais bonito.

Maresia

Morar no Rio exige o permanente desapego por bens materiais, especialmente se você quiser morar na zona sul. E não é por causa da violência ou porque todo carioca é paz e amor e fuma maconha. Mas porque nenhum objeto durará mais do que cinco anos, qualquer que seja o material de que ele é feito e independentemente do bairro em que você mora, por mais que lacre portas e janelas quando sair de casa.

Ainda que o mar esteja longe o suficiente para você precisar se espremer num ônibus lotado por mais de uma hora sempre que quiser chegar até a praia, a maresia e a umidade sempre estarão próximas o bastante para dar um jeito de encontrar sua casa e mofar quadros, roupas e enferrujar eletroeletrônicos, danificando-os para a vida toda de forma irrecuperável. Tenho certeza de que a tal obsolescência programada da tecnologia foi inventada no Rio ou inspirada na cidade.

Motoboys

Poucos personagens estão tão entranhados na vida do paulistano e representam tão bem sua pressa para absolutamente tudo quanto os motoboys. Espécie de trabalhadores de origem geralmente na periferia que cruzam a cidade feito loucos para levar documentos e encomendas urgentes às pessoas que têm muita pressa e que os xingam quando atrasam para entregar a pizza ou passam voados ao lado dos automóveis. No Rio, eles dirigem ônibus.

Além disso, a modalidade de serviço de entrega representa mais uma grande oportunidade do paulistano, e do brasileiro de modo geral, usar uma expressão supostamente em inglês, mas totalmente desconhecida e incompreensível para angloparlantes.

Quem já tentou subir de carro a Rebouças, ou transitar na Sumaré, na 23 de Maio ou em qualquer via supostamente expressa de São Paulo, sabe que tem que deixar espaço entre o próprio veículo e o do vizinho para as motos passarem, sob pena de perder o retrovisor lateral, já que o motoqueiro entenderá que você não precisa do acessório, pois não o utiliza.

Motorista carioca (ou melhor, piloto)

A rua é um gigantesco estacionamento na visão do condutor de veículos carioca, que acredita que pode parar em absolutamente QUALQUER lugar e manobrar em QUALQUER direção. No fundo, o problema do trânsito no Rio é a pintura no asfalto, que indica uma faixa de rolamento do lado esquerdo, onde todo carioca sabe que pode estacionar sem avisar os motoristas de trás.

Sabe como você faz para saber que chegou ao Rio? É só ver se tem uma van colada na traseira do seu carro querendo ultrapassar, muito acima do limite de velocidade e por cima de você, também na Avenida Brasil ou na Linha Vermelha.

Aí você vai perceber que as seis horas na Dutra terão sido o momento mais tranquilo da viagem. Toda tentativa de ser gentil e usar a seta para fazer uma ultrapassagem no trânsito carioca será castigada pelo xingamento alheio. Se você consegue dirigir na Avenida Brasil, do Rio, certamente está apto a conduzir tanques militares ou veículos em situações de guerra.

A escola carioca de direção também ensina que você deve dirigir com ao menos um dos braços do lado de fora da janela. No trânsito do Rio, se você ouvir uma buzina quando fizer qualquer movimento, significa que você está fazendo tudo certo, de acordo com a lei. Ou que sua placa é de outro estado.

Multas

O paulistano, quando vê um radar com limite de velocidade de 50 km/h, reduz a 25 km/h, com medo da multa, que ele sabe que demora, mas um dia chega. O carioca passa com o dobro da velocidade permitida porque acha que assim, à velocidade da luz, não será pego pela câmera. E, depois, recorre ao Detran para reclamar da indústria de multas.

Nomes de ruas

Como se não bastasse a dificuldade em saber onde uma via em São Paulo começa a ter um nome ou passa a ser chamada de outra forma, você dificilmente acertará a grafia dela. E, assim como para saber o bairro em que você está, não adianta recorrer aos mapas na internet, pois há indicações para todas as formas possíveis: a Rua Turiaçu, por exemplo, é assim descrita numa placa verde de trânsito do bairro, mas pode ser ainda "Turiassú" no GPS e nas indicações das esquinas, ou ainda "Turiassu" e "Turiaçú", dependendo do gosto de quem fez o cartão de visita.

Numeração de imóveis

O carioca desavisado que procura um endereço em São Paulo corre o risco de bater em até cem portas erradas antes de chegar ao número certo. Enquanto em São Paulo o apartamento de número 2 do 1º andar tem o número 12 na porta, no Rio um apartamento equivalente leva o número 102. A sala 102 do prédio na capital paulista provavelmente fica no 10º andar.

Já no Rio será mais difícil encontrar um apartamento de número 12, possivelmente porque numerar os edifícios às centenas permitiria ter mais de dez apartamentos ou salas por andar sem criar uma grande confusão a partir da unidade de número 9 de cada piso. Sem essa numeração, seria difícil construir prédios para abrigar aquelas 20 quitinetes por andar que fazem parte da história e do folclore da cidade.

O triste disso é que São Paulo só terá um apartamento com o número 1004 quando tivermos prédios de cem andares. Agora, se você encontrar um edifício com imóveis numerados com base 100 em São Paulo, é porque provavelmente ele foi projetado por um engenheiro carioca.

Pedestres em São Paulo?

Uma das primeiras decepções que o carioca sofre é quando chega a São Paulo e vê aquela Avenida Rebouças linda, cheia de árvores, e decide caminhar por ela. Rapidamente ele percebe que está sozinho, porque paulistano de verdade não anda a pé, e desistirá de vez depois que tomar uma lufada de fumaça de óleo diesel na cara de algum dos caminhões velhos que insistem (e sofrem) em subir a sempre engarrafada via.

Uma prova de que São Paulo não é uma cidade feita para pedestres é que não existem faróis nem semáforos para quem anda a pé (aquele bonequinho iluminado na cor verde como se estivesse andando, ou parado em vermelho) na maioria das esquinas da cidade.

Se o sujeito estiver cometendo a audácia de fazer qualquer trajeto usando as próprias pernas pelas calçadas (?) paulistanas, ele deve fingir que é um carro também, e ver se a sinalização está favorável para os veículos que vão cruzar no mesmo sentido dele. Às vezes, não há sinalização nem para os carros.

Para reconhecer facilmente, o carioca é aquele que está atravessando no meio dos carros em movimento, para exercitar seu espírito de aventura, mesmo que esteja a poucos metros de uma faixa de pedestres sinalizada com os semáforos adequados.

Periferia x subúrbio

O Rio não tem periferia. Outra diferença crucial entre as formas como as duas cidades estão organizadas é que na capital fluminense (e em quase todo o estado) as favelas (ou comunidades) estão espalhadas por toda a cidade, permitindo às pessoas menos abastadas viverem em bairros oficialmente ricos.

Em São Paulo essas comunidades estão na periferia, que ficam de fato no entorno da cidade, sendo que a maioria dos bairros comporta edifícios residenciais de diferentes padrões, o que torna difícil rotular um bairro como rico ou pobre.

Como o Rio tem subúrbio (também com favelas, casas e edifícios residenciais de classe média) e não periferia, isso acaba alimentando o mito de que se trata de uma cidade democrática, gestado inicialmente pela ideia de que todas as classes sociais se encontram na praia no fim de semana, atividade em princípio gratuita. Quem tentou comprar qualquer coisa para consumir na orla nos últimos anos sabe que não é bem assim, e que nada é tão de graça no "purgatório da beleza e do caos".

Público x privado

Enquanto o Rio se locomove na mesma velocidade da maresia da praia, São Paulo parece que pulsa querendo crescer por todos os poros (ou bueiros) com o empreendedorismo paulistano se exibindo na forma de pilhas de concreto a cada instante – mesmo antes de a especulação imobiliária tomar conta da cidade e derrubar inúmeros sobrados nos bairros mais tradicionais.

É difícil transitar pela cidade por mais de um minuto sem tropeçar numa obra (ou no péssimo estado de conservação das calçadas): um viaduto querendo surgir, um rodoanel querendo ser concluído, o início de obra (sem prazo para terminar) de mais uma cor de linha de metrô ou trem, um corredor de ônibus ou uma ciclovia querendo ser implementada, qualquer que seja o prefeito. E muitos paulistanos ainda reclamam disso, obviamente.

Já o Rio passa aquela sensação de eterna capital federal abandonada, em que muitos estabelecimentos fecham as portas, alguns abrem e não duram mais de um contrato de aluguel. Mas o importante é que tem a praia, o samba e o boteco no fim de semana.

Relevo

Um dos argumentos do paulistano para gostar tanto de ter carro é o relevo da cidade. Faz sentido, se compararmos com o Rio. O fato é que a topografia de São Paulo é complicada até (ou especialmente) para quem dirige. O sujeito está tranquilamente dirigindo pelos Jardins, quando subitamente se depara com um paredão-surpresa, uma muralha que ele terá que escalar com seu veículo, como a da Alameda Ministro Rocha Azevedo ou a da Bela Cintra, ambas no sentido da Paulista e nas quais seu carro morrerá algumas vezes na vida, por melhor piloto que você seja. Se é difícil transpô-las motorizado, imagine a pé.

Roça?

A paixão pelas máquinas não afasta o paulistano de suas raízes no campo, o que é demonstrado pela quantidade de carros estilo picape transitando pelas ruas de São Paulo. Outra coisa que chama atenção de quem anda pelas ruas de São Paulo é a quantidade de proprietários de barcos e lanchas que circulam pela cidade, dado o número de veículos com aquelas bolas de engate presas na parte de trás.

Aliás, esqueça a ideia de lugar bucólico quando pensar no interior do estado de São Paulo. Se a capital paulista quase não tem gente andando na rua, fora da região metropolitana é que você vai ver que as pessoas são dependentes de veículos motorizados.

Afinal, é no interior que nascem os carros tunados, que só circulam de janela aberta e música ruim tocando alto e se espalham pelo país. Além disso, o transporte público consegue ser ainda pior do que na capital.

Se não tiver um carro, o sujeito vai colocar o som de casa no talo até altas horas, ou você vai perceber que o suposto silêncio do campo só serve para fazê-lo ouvir a música alta da festa que está rolando no outro canto da cidade.

Rodízio

Se hoje é o dia da semana do rodízio do seu carro em São Paulo (como assim, você vive em São Paulo e não tem carro?), lhe resta escolher entre tomar uma multa por circular fora do horário permitido, ou por trafegar acima da velocidade máxima tolerada, para tentar chegar ao trabalho antes de o horário do rodízio começar. Também vale levar multa por ultrapassar o farol vermelho, pelo mesmo motivo. Tal como o trânsito (e por causa dele), o rodízio é mais uma das grandes desculpas usadas pelos paulistanos para tudo que dá errado na cidade.

Quem mora em São Paulo e já precisou de serviços de assistência em domicílio já teve que ouvir "era meu rodízio hoje, não pude ir". Claro. Afinal, o rodízio foi criado naquela semana, e só naquele dia o sujeito descobriu que não poderia circular com o carro.

Nem precisa dizer que o rodízio também serviu para a indústria automobilística vender mais carros, já que quem pode aproveita para comprar um segundo veículo só para ter uma placa com numeração que indique rodízio em outro dia da semana.

Por isso, o sujeito só pode ser considerado abastado em São Paulo se tiver a partir de dois carros por pessoa em casa habilitada a dirigir. Se você só tem um veículo, precisará recorrer ao táxi ou ao transporte público em casos extremos, e será desprezado pelos demais motoristas da rua. Tudo isso também mostra como paulistano é resignado e gosta de regras. Se fosse no Rio, com certeza haveria um mercado paralelo de placas falsas ou de aluguel de placas.

Seta para quê?

Sabe por que o motorista carioca não usa a seta do veículo? Porque, se acioná-la, ele tem certeza de que o condutor ao lado (também supostamente carioca) vai acelerar para impedir a troca de faixa. É sério. Eu já ouvi essa explicação de um taxista da cidade. E, logicamente, já vi isso acontecer. Outro motivo para o carioca não usar o acessório é que ele talvez ache que está sempre passeando de bicicleta na orla.

Em São Paulo, você simplesmente não troca de faixa, porque sempre vai haver um motoqueiro vindo alucinado sinalizando para que você nem pense em fechá-lo no seu corredor exclusivo, que fica entre as faixas de rolamento. Se quiser ouvir uma sinfonia de buzinas estridentes, basta ligar a seta.

Já para entrar numa rua à direita ou esquerda, é preciso reconhecer que o motorista paulistano usa a seta, a não ser que o único que vá se beneficiar da sinalização seja um pedestre para decidir se pode ou não atravessar a rua naquele cruzamento.

Embora seja um hábito difícil de comprovar em pesquisa espontânea, 4% dos cariocas que dirigem admitiram que quase nunca usam seta, enquanto apenas 1% dos motoristas paulistanos assumiu cometer a mesma infração sempre ou quase sempre.

Sinal/semáforo/farol

Diferença conhecida, mas que está longe de se limitar ao nome que paulistanos e cariocas dão para um mesmo luminoso de sinalização de trânsito. Cariocas adoram implicar e dizer que estão procurando um farol daqueles de navio quando o paulistano usa a expressão, dizendo que essa confusão só ocorre devido a distância entre a capital paulista e o mar.

Enquanto em São Paulo o farol (ou semáforo) amarelo significa "atenção, devagar", no Rio quer dizer "corre para passar logo, ou o sinal vai fechar e você vai ter que ficar parado esperando abrir de novo, que nem um idiota", e, como diz a música, cariocas não gostam de sinal fechado.

Já para os cariocas o sinal verde significa "buzine", caso ele esteja a partir da segunda fila de carros aguardando a mudança de cor do semáforo. O paulistano só não buzina assim que o farol abre porque deve estar ocupado olhando o celular. E também não faria muita diferença mesmo.

Tão perto, tão longe...

Quando viaja para São Paulo a trabalho, o carioca inexperiente tenta reservar um hotel próximo ao local para facilitar, mas acaba levando mais tempo no trajeto do que se estivesse hospedado em outro bairro. Isso porque descobre que simplesmente não é possível chegar a pé ao seu destino, já que há um viaduto, uma ponte e/ou um rio no meio do caminho de 15 metros que ele viu no Google Maps.

Trânsito carioca: modo de usar

Os carros que transitam pelas vias cariocas parecem ter sido lançados ali como que por uma mão divina que arremessa dados aleatoriamente. Na mesma rua, cada veículo corre numa direção, mesmo que não estejamos em mão dupla. E, claro, as faixas pintadas no asfalto servem apenas como guia de por onde você deve transitar, mantendo a faixa pintada sempre passando por baixo do automóvel, se possível de forma centralizada, mas jamais pelas laterais.

O motorista paulistano que cai no trânsito do Rio tem mesmo essa sensação: de ter sido jogado à sua revelia em uma lógica paralela, em que deve fechar o maior número de carros possível para acumular pontos numa partida de videogame.

Até na hora de ficar parado no trânsito o carioca gosta de contar vantagem e tira onda de estar engarrafado na orla, na Lagoa ou no Aterro do Flamengo, com suas vistas sensacionais. E pode mandar mensagem com foto para os amigos que moram em São Paulo dizendo que está na praia, mesmo que não seja verdade.

Trânsito paulistano: como nasce? De que se alimenta?

O trânsito de São Paulo é ótimo. No Carnaval, no período entre o Natal e o Ano Novo e em qualquer outro feriado. O que estraga é a quantidade de carros na sua frente no resto do ano.

Se você quiser ver o tráfego de São Paulo fluir feito água à sua frente, é só pegar um celular para ver mensagens quando estiver parado, ou um papel para escrever algo enquanto estiver no táxi ou no ônibus.

Apesar de intenso, o trânsito paulistano é mais civilizado do que o carioca, em parte porque o paulistano é naturalmente educado, mas também por uma simples questão de sobrevivência e seleção natural: como o paulistano sabe que depende do trânsito, evita dirigir de forma mais agressiva, pois isso só provocaria mais acidentes e, pior do que isso, mais engarrafamento.

Além disso, a velocidade média dos carros em São Paulo não oferece sequer oportunidade para cometer uma barbeiragem digna de nota. Afinal, não tem a menor graça fechar o outro carro a 20 km/h. Cena típica em São Paulo é o sujeito com um carrão com motor potente fazendo um barulho ensurdecedor, como quem vai voar a 200 km/h, sem conseguir sair do lugar.

Quando chega à estrada, a caminho da praia ou do interior no fim de semana, o paulistano aproveita para extravasar toda sua frustração por não conseguir passar de 40 km/h na cidade e se transforma num motorista carioca e entende que o limite de velocidade só vale para a pista da direita. E férias memoráveis para um paulistano ocorrem quando ele viaja para uma metrópole, claro, onde o trânsito flua e o transporte público funcione com regularidade.

Vagas de estacionamento

Ter carro em São Paulo é o exercício diário do desapego: você troca a chave do seu carro e o veículo por um pedaço de papel sem valor entregue por algum *valet* (leia com acento no "a") quando chega a qualquer lugar, mesmo sabendo que são grandes as chances de o seu veículo ser parado na rua mesmo e voltar com novos frisos laterais.

O motorista carioca médio se considera esperto demais para deixar o carro na mão de um manobrista desconhecido e costuma enfrentar alguns dilemas na hora de estacionar seu carro na rua: se houver uma vaga permitida e uma proibida, o carioca invariavelmente escolherá criar uma nova, só para ter a sensação de estar tendo alguma vantagem, sob o argumento de que, assim, ficaria mais perto do seu destino final.

Em alguns lugares, tanto de São Paulo quanto do Rio, você encontrará os exterminadores de vagas: são pessoas que param o próprio veículo em prédios e estabelecimentos comerciais ocupando, de uma só vez, outras três vagas. Tudo isso porque o sujeito não quer deixar a chave com o manobrista nem esperar que o funcionário do estacionamento tire outros eventuais veículos da sua frente na hora de ir embora.

Vilas

O que não é Jardim ou Chácara em São Paulo é Vila (cerca de 180 bairros e distritos): Vila Albertina, Vila Antonieta, Vila das Belezas, Vila Ema, Vila Esperança, Vila Hamburguesa, Vila Talarico etc., nem todas famosas como a Vila Madalena, Vila Mariana e Vila Nova Conceição, mas quase todas igualmente originadas das vilas operárias do século passado. Para ficar ainda mais divertido, há uns quatro nomes "Jardim Vila" alguma coisa.

É tanta Vila e tanta confusão entre o que é bairro e o que é distrito que muita gente pode pensar que está indo a um boteco na Vila Madalena, mas na verdade pode estar indo a um bar na Vila Nogueira ou simplesmente em Pinheiros, bairro que dá nome ao distrito que abarca a própria Vila Madalena. A Praça Pôr do Sol, acredite, fica no Alto de Pinheiros.

E quem diz que mora na Vila Madá, muitas vezes vive de fato é na Vila Beatriz ou na Vila Ida, que, segundo dizem, levam os nomes das outras duas irmãs da tal Madalena, sendo as três filhas do fazendeiro português que era dono das terras da região no século XIX. Cada uma delas teria batizado uma parte do então Sítio do Buraco com o seu nome.

Purgatório do caos e da beleza

Uma característica em que ninguém quer ser líder nesse "Cidade x Cidade" eterno é a da falta de segurança, que também é difícil de ser comparada com equilíbrio. Embora goste de dizer que o Rio é mais perigoso, o paulistano não perde a primeira oportunidade que tem de mandar blindar o seu carro. Deve ser para o caso de decidir um dia visitar o Rio.

Segundo a pesquisa realizada para este livro, 34% dos entrevistados de todo o país consideram São Paulo mais segura quando comparada ao Rio. Antes de comemorar, é bom o leitor paulistano saber que 45% consideram as duas cidades igualmente ruins nesse quesito. Apenas 2,5% não devem ver TV ou assistir a filmes brasileiros, porque acham que o Rio é mais seguro.

Há paulistanos que morrem de medo de ir ao Rio, ainda que muitos deles só conheçam a "cidade maravilha, purgatório da beleza e do caos" pelo que veem na televisão, pois acham que todo carioca anda com um fuzil pendurado no pescoço, como se São Paulo ficasse na Suécia.

Entre os paulistanos, 41% acham o Rio mais perigoso, e 47% consideram as duas cidades igualmente violentas. Apenas um paulistano, das 520 pessoas entrevistadas, considera o Rio mais seguro. Provavelmente já foi assaltado em São Paulo e nunca no Rio, ou não entendeu a pergunta.

Arrastão
Admito que o Rio introduziu o "arrastão" e a "saidinha de banco" no vocabulário criminal brasileiro, mas vanguarda é assim mesmo: não

importa o segmento, o que interessa é criar tendência para o resto do país. Em São Paulo, como tudo vira edifício, muito rapidamente o sinônimo para assaltos em massa passou a ser utilizado para casos em que assaltantes invadem prédios, de preferência residenciais, para obter ilegalmente os bens materiais de valor dos moradores.

Essa última modalidade não faz muito sucesso no Rio, até porque bandido carioca não vai ficar se cansando, subindo em prédio, se é muito mais fácil e prazeroso fazer isso na praia num dia de sol.

Bope x Rota, a batalha do século

Um mito com relação à segurança das duas cidades é o de que São Paulo tem uma polícia menos violenta. Primeiro, é preciso esclarecer que existem pelo menos três PMs diferentes na cidade de São Paulo: a que atua nos Jardins, praticamente europeia; a que atua no centro, que é quase tão marrenta quanto a carioca, embora menos agressiva; e a que atua na periferia, que pode ser até mais violenta do que a do Rio, que sobe morros e luta (nem sempre) contra o tráfico.

No Rio, se você tiver sorte, será parado numa blitz policial na primeira vez em que for visitar a cidade, com direito a arma apontada para você, apenas para pedir seus documentos. Deve se tratar de um *reality show* promovido pelo governo do estado para as pessoas se sentirem dentro dos filmes "Cidade de Deus" ou "Tropa de Elite".

Dinheiro do ladrão

Certamente, quem inventou a instituição do "dinheiro do ladrão" – o hábito de andar com algumas notas de baixo valor (nem tão baixo a ponto de ofender o bandido) separadas em um dos bolsos para casos de assalto ou furto – foi algum carioca.

Geografia

A principal diferença entre as duas cidades nesse quesito é que, assim como a praia, a violência no Rio é democrática: ocorre na cidade toda, sendo ainda mais grave nos morros e nas comunidades (as favelas de antigamente), que estão presentes até nos bairros mais nobres.

Em São Paulo, como a periferia realmente fica na periferia, a grande mídia praticamente ignora o que ocorre no dia a dia das "quebradas".

De qualquer forma, o carioca sempre acha o Rio dele menos perigoso do que o da TV.

Maçanetas e portões

Cada povo alimenta a própria paranoia como pode. Em São Paulo, o entregador de pizza ou de qualquer coisa não sobe até o apartamento de destino da encomenda. A rigor, então, o serviço não deveria ser chamado de entrega em domicílio (deve ser por isso que chamam de *delivery*).

Já no Rio é impossível girar a maçaneta da porta de um apartamento do lado de fora. Mesmo que a porta esteja destrancada, só é possível abri-la com a chave, a não ser que você esteja do lado de dentro do imóvel.

Em outras palavras, a porta tranca automaticamente, e coitado de você se estiver esquecido de levar a chave. Da mesma forma, visitar o prédio de um amigo paulistano pela primeira vez pode dar a sensação de que esse amigo fez algo errado e você está entrando num presídio, em que é preciso passar por pelo menos dois portões, e ficar preso entre eles, para se identificar para o porteiro.

Um dos motivos alegados para início de tal tradição foram alguns arrastões em edifícios de São Paulo na década de 1990. Nos prédios comerciais do Rio, como a cidade é muito segura, muitas vezes não se pede identificação de quem vai subir.

Vantagem do trânsito

Assaltos a automóveis em São Paulo são menos frequentes do que no Rio porque, se o cara quer levar o carro, é bem provável que ele não consiga sair do lugar por causa do trânsito da cidade e fique parado na sua frente.

Não existe calor em São Paulo?

Um dos mitos sobre São Paulo é o de que a cidade não tem dias quentes. Os templos dessa filosofia são os prédios residenciais sem permissão ou espaço nas janelas para aparelhos de ar-condicionado, algo impossível no Rio. Nos edifícios mais novos é possível instalar o aparelho. E perder a varanda.

A verdade é que parece que os apartamentos de São Paulo não foram preparados nem para o frio, já que gelam no inverno, pois, além de serem de concreto, têm passagens de ventilação impossíveis de serem vedadas nas áreas de serviço/lavanderias dos apartamentos.

Pode até ser verdade que nos anos 1940 São Paulo não tinha verão, quando a cidade não tinha tantos prédios e carros, tanto concreto e asfalto impermeabilizando o solo, na mesma época em que ainda fazia sentido chamá-la de "Terra da Garoa", que, atualmente, se transforma num forno a lenha gigante quando passa de 30° C.

E passa disso, por mais que o paulistano tradicional ainda negue. Só em São Paulo o sujeito "esquece" de ligar o ar-condicionado do restaurante ou da lanchonete. Parece que em alguns lugares de São Paulo nunca fez frio, como na Avenida Tiradentes, Marginal Tietê e no Terminal Parque Dom Pedro, especialmente se passar das 8 horas da manhã e você estiver dentro do ônibus.

Deve ser por isso que 43% dos paulistanos entrevistados preferem as temperaturas do Rio, já que pelo menos a cidade tem a praia por perto para o sujeito se refrescar. Ainda assim, o percentual é muito próximo dos 41% que ainda gostam mais de São Paulo nesse tema. Ou seja, não devem curtir tanto o calor absurdo carioca.

Conforto no transporte público

O metropolitano de São Paulo só passou a ter ar-condicionado nos trens que começaram a circular a partir de 2009. Até então só tinham uma janelinha para ventilação, com uma abertura tímida na parte superior, que mais lembrava trens antigos. Afinal, não fazia calor na cidade, não é?

Estações do ano diárias

Se tem uma coisa da qual o paulistano pode se orgulhar é o fato de, diferentemente do restante do país, ter as quatro estações do ano no mesmo dia. Daí surge o conhecido "efeito cebola", no qual o cidadão passa o dia tirando as camadas de roupa que colocou antes de sair de casa. À noite faz o movimento inverso. É por isso que a roupa do paulistano nunca mofa esquecida no armário como a do carioca.

Num dia típico em São Paulo é possível saber o horário em que a pessoa saiu de casa pela roupa que está vestindo. Se for meio-dia e ainda estiver com três blusas, pode ter certeza de que ela saiu para o trabalho perto das 7 horas da manhã. Agora, se a noite gélida estiver se aproximando e o sujeito estiver vestido como se fosse verão, é porque ele possivelmente foi em casa e pensou "ah, esquentou, eu não preciso mais de toda essa roupa de frio".

Sua única certeza em São Paulo, em qualquer época do ano, é a de que sairá de casa com a roupa errada. Se colocar sua melhor blusa num dia de inverno, o sol aparecerá como um forno aberto e você morrerá de calor. Agora, se sair desprotegido durante o verão, em que cidade você acha que está morando?

Guarda-chuva, seu melhor amigo

Muitos cariocas gostam de dizer que não curtem guarda-chuva, que não usam e tal. Amigo carioca, não é que você não gosta, é que você não precisa. Em São Paulo, acredite, você vai ter um. A não ser que (ou mesmo que) você se renda ao hábito ainda mais paulistano de usar o carro até para ir ao banheiro.

Mas, se você não tiver um a tiracolo quando começar a chover em São Paulo, não se desespere! Antes de o primeiro pingo de chuva tocar o solo, brotarão, como cogumelos após a tempestade, vendedores ambulantes oferecendo o acessório em cada esquina ou saída de estação de trem e de metrô, por um preço que você acharia absurdo se o céu não estivesse derretendo na forma de água gelada sobre a sua cabeça.

Da mesma forma, eles desaparecerão assim que a chuva passar e se transformarão automaticamente em vendedores de garrafas de água e refrigerante no engarrafamento da marginal ou de alguma outra grande via.

O inverno é aqui

Pode até não ter verão, mas inverno, com certeza, São Paulo tem. O carioca que se muda para a cidade tem duas opções: apaixonar-se pelo frio ou passar quatro meses do ano (de maio a agosto) dizendo que vai voltar para o Rio. O sujeito ouve a previsão do tempo que começa falando que a temperatura hoje vai "de 19" e fica esperando a máxima, quando a frase é completada com "a 11 graus durante o dia", então ele percebe que ainda pode congelar mais.

Sol em São Paulo: onde vive? De que se alimenta?

Os dias em São Paulo são divididos entre a época em que chove para sempre e os dias em que não chove nunca mais, como diz uma amiga. O curioso é que, mesmo que venha quase todo ano, a chuva sempre surpreende os governantes por chegar numa intensidade muito maior do que a média acumulada para aquele mês todo nos últimos cem anos e alaga toda a cidade. No dia em que for descoberto o sujeito que fez essas previsões...

Se não souber nadar, São Paulo não é uma cidade para você no verão. É (quase) sempre do mesmo jeito: o sujeito sai de casa animado (mais ainda se for no fim de semana), vendo um dia lindo e ensolarado à frente. No meio da tarde, sem grandes explicações e em questão de minutos, nuvens começam a se juntar no céu até dar forma a uma única nuvem gigante e preta, que paira sobre a cidade tal qual a nave dos alienígenas invasores do filme *Independence Day*, de 1996, e subitamente se transforma em água e granizo e despenca.

O Rio e a religião do ar-condicionado

Todos os anos o carioca reclama do calor do alto verão, diz que "este ano está demais" e que está pior do que o anterior. Mas o Rio é quente em QUALQUER lugar da cidade durante o verão. Na cidade, o aparelho de ar-condicionado é equiparado a Deus, com período de adoração mais concentrado entre novembro e março. Por isso mesmo é onipresente, pois está em (quase) todos os ambientes. Dizem até que o carioca curte mais ir para o trabalho no verão do que no resto do ano, para poder ficar no ar condicionado, mas é mentira, porque os ônibus comuns refrigerados desaparecem no verão.

Curiosamente, apesar do calor infernal do verão, 71% dos cariocas disseram preferir o clima do Rio ao de São Paulo, o que comprova a tese de que as pessoas do Rio, mesmo que seus corpos se liquidifiquem no verão, morrem de pavor mesmo é de sentir frio. Afinal, é o medo do desconhecido. Apenas 17% disseram gostar mais das temperaturas de São Paulo.

Num universo de brasileiros em geral, a sensação térmica do Rio também ganha por maioria absoluta: 55% contra apenas 30% que preferem as estações do ano mais bem definidas de São Paulo. Certamente esse pessoal não conhece Bangu.

Cariocas x dias nublados

Como diz Adriana Calcanhotto, cariocas não gostam de dias nublados (e a recíproca parece verdadeira). No Rio, só o sol divide a devoção da população com o ar-condicionado: é louvado mesmo por quem derrete para ir ao trabalho, pois sabe que vai ter praia no fim de semana.

Já em São Paulo, sempre que surge aquele sol especialmente reluzente no céu azul (até se encher novamente de poluição), no que seria considerado um dia lindo no Rio, eu me pergunto: Qual a utilidade de um sol desses longe da praia e em meio a tanto concreto? Qual a necessidade disso, gente?

Ainda assim, as pessoas adoram reclamar quando ele se ausenta, período em que a temperatura da cidade fica bem mais civilizada.

Chuva no Rio: como lidar

Se o sol não faz o menor sentido quando está presente em São Paulo, a chuva também tira uma boa parte da graça do Rio. Cariocas são doces porque são feitos de açúcar: é só começar a chuviscar e eles cancelam toda a programação porque está caindo "um temporal".

Clima de montanha

O carioca sempre foi fã de metrô. O motivo para a adoração do subterrâneo logicamente não era a restrita malha, mas o conforto proporcionado pelo potente ar-condicionado, numa época em que o acessório não existia em ônibus, que ficava ainda mais gelado porque os vagões nunca lotavam.

Com a ampliação da malha, o Rio perdeu parte desse charme, e o sistema de refrigeração passou a não dar conta da lotação nos horários de pico. E refrigeração de ar é uma questão de sobrevivência no Rio, especialmente se você estiver debaixo da terra, mesmo no sentido não fúnebre.

Frio no Rio: 20° C

Tão preparado que é para o frio, o carioca derruba aquele conceito de que as pessoas se vestem melhor no inverno, período em que o sujeito sai de casa parecendo que assaltou um circo, carregado no cheiro de mofo da roupa. O carioca espirra no inverno, mas é por alergia a fungos, não porque pegou gripe ou resfriado.

Enfim, se o paulistano médio acha que não faz calor em São Paulo, o cidadão do Rio tira o casaco (blusa é coisa de paulistano) do armário quando os termômetros na rua marcam 25° C e já pensa em marcar um *fondue*.

Quando chove, o carioca continua usando as mesmas roupas de verão tradicionais, pois chuva não é sinônimo de frio. E pode até ir à praia nessas condições, se não for uma chuva com relâmpagos. Carioca adora dizer que não gosta de frio, que detesta São Paulo por causa da temperatura, mas considera 10º C a temperatura ideal nos locais com ar-condicionado.

Manual de adaptação

O carioca convida você para ir à casa dele assim que te conhece, mas nunca dá o endereço; o sujeito de São Paulo demora para te convidar, mas, quando o faz, vai ficar esperando. No horário. Atrase só uns 30 minutos, se você for um carioca querendo afirmar sua identidade.

Caso o paulistano te ofereça carona, é bem possível que ele saia do seu caminho original para deixá-lo perto do seu destino, e talvez ainda te leve para conhecer a cidade. Igualzinho aos taxistas cariocas.

Enfim, muitas das características de cada cidade só são mesmo mais bem percebidas quando o sujeito se muda para a outra. Veremos algumas delas neste capítulo.

Aproximação

Uma característica interessante do paulistanismo clássico, que mostra como o mundo do trabalho é prioridade em São Paulo, é que uma das primeiras coisas que te perguntam, e que você também fica sabendo quando conhece alguém na cidade, é a profissão, incluindo cargo, experiência e faculdade que fez.

Em bairros como o Itaim Bibi, por exemplo, é mais fácil você ouvir nas ruas alguém dizendo para outra pessoa que vai adicioná-la em alguma rede de contatos profissionais do que a uma rede social.

No Rio, é possível conhecer uma pessoa há décadas e não saber direito (ou não ligar para) o que ela faz para sobreviver. O lado ruim disso é que você pode se tornar amigo de alguém que vive na criminalidade sem saber.

Beijo

Uma demonstração de como cariocas e paulistanos divergem na hora de dar intimidade aos outros está no próprio cumprimento. Cariocas dão dois beijinhos quando chegam e outros dois quando vão embora. São, no mínimo, quatro por pessoa num evento, o que assusta qualquer paulistano recém-chegado à cidade.

Mais econômico, o paulistano costuma dar apenas um beijo, num estilo mais americano (da América Latina) ou europeu, e logo dá um abraço na pessoa para evitar a tentativa de um segundo beijo. E pode tentar se despedir com um aceno manual para evitar novo contato físico.

No telefone ou numa mensagem de texto, a sua amiga paulistana de longa data pode se despedir de você dizendo "um abraço", mesmo que vocês já sejam amigos há anos. Já a carioca manda um beijo ou um beijão se for um homem falando, já no fim da primeira ligação, pois, afinal, depois de 15 minutos de conversa eles já são íntimos.

Dada a dificuldade de transcodificação automática, cariocas e paulistas que vivem entre Rio e São Paulo tendem a ficar com fama de beijoqueiros em São Paulo.

Casual Friday

Ninguém leva a expressão "casual Friday" (lê-se *quéjual fraidêi*) tão a sério quanto um carioca. Até porque é uma expressão que reúne três coisas que o sujeito do Rio adora: a forma mais relaxada de ser e se vestir (o "casual"), a sexta-feira (Friday) e uma expressão em inglês. É o dia da semana em que o pessoal do Rio se veste como se fosse domingo e os paulistanos se fantasiam de cariocas.

Alegria de carioca quando o feriado cai numa terça, quarta ou quinta-feira é ter duas "casual Fridays", especialmente se estiver em São Paulo. Já o paulistano fica feliz por ter duas segundas-feiras. Mentira, mas se regozija com a possibilidade de ter um dia com menos carros na rua, assim ele poderá ir para o trabalho tranquilamente com o seu.

Cordialidade paulistana

Qualquer prestador de serviço em São Paulo chama você de "senhor" ou "senhora", ainda que a pessoa que esteja atendendo seja mais velha do que você, e que o serviço nem seja tão bom. Quem você acha que inventou o idioma do telemarketing e o levou para todo o país?

Em São Paulo a cordialidade é tanta que você chega a um edifício comercial, fala "vou ao conjunto 121, no 12º andar", a recepcionista pega o seu documento de identificação para fazer o cadastro e te devolve dizendo "fica no 12º andar, conjunto 121". Só resta agradecer pela simpatia de te lembrar de algo que você pode ter esquecido.

A prestatividade do povo paulistano é tamanha que cria expressões curiosas, como "obrigado eu", enquanto que no Rio, se o sujeito quer devolver o agradecimento, diz "obrigado você". Porque, no Rio, é o outro que tem de se sentir obrigado a retribuir pelo favor que você o deixou fazer.

Corpos malhados, sorrisos talhados

Há quem diga que os homens e mulheres cariocas são lindos de dia, enquanto os paulistanos e principalmente as paulistanas brilham à noite. De fato, o culto ao corpo e à beleza no Rio é tão grande que é difícil ir à praia de Ipanema sem um preparo de pelo menos três meses de academia diária antes. E, aí, é uma bola de neve (ou de areia): quanto mais as pessoas se preocupam em ficar saradas, mais as outras se preocupam em superá-las. Afinal, se é para tirar a roupa, é melhor estar apresentável.

Aliás, a melhor coisa de não morar no Rio certamente é não correr o risco de ser filmado na praia e ter sua imagem em trajes de banho transmitida em rede nacional numa matéria sobre calor.

Cortesia carioca

Parece muito com grosseria, mas, como o carioca vira seu melhor amigo muito rapidamente, logo também começa a falar palavrões contigo e cometer atos que em outros endereços seriam considerados grosseria, como chamar o outro de "veado", ou a mãe dele de moça de vida nada fácil. Não é pessoal, acredite, é só o jeitinho especial do cidadão do Rio falar contigo.

O carioca quer ser gentil, acha que está sendo, e acaba sendo meio grosso. Para te elogiar vai dizer "tu é foda". Para te xingar, também. Para te atender, quando você chamá-lo, vai dizer "pois não!". Não é por mal, é cultural, está no sotaque até.

O mesmo "trocador" de ônibus que te ajuda dando uma informação pode te dar um fora no momento seguinte se você der uma nota de R$ 20 para pagar a passagem. Às vezes, claro, o mesmo comportamento é só falta de educação mesmo. Especialmente se for no trânsito e com um desconhecido.

O Rio é um fenômeno na criação espontânea de insultos. Basta passar parte do dia ao lado de um motorista de ônibus ou de um taxista da cidade para aprender várias ofensas novas.

Coxinha paulistano

Figura clássica no imaginário popular brasileiro a respeito dos paulistanos é o tradicional "almofadinha", que trabalha no mercado financeiro ou finge que trabalha. Usa calça social, camisa azul-clara, branca ou rosa-clara, quando quer parecer moderno, e gel no cabelo (a casca da coxinha), tudo bem apertado, como um recheio parecendo que vai explodir a qualquer momento. Aliás, é fácil encontrar versões idênticas espalhadas por toda a cidade.

A explicação mais comum para o apelido vem do mundo policial: "coxinha" passou a ser o apelido dos PMs de São Paulo, que ganhavam mal e tinham uma alimentação à base da iguaria (porque era o que podiam pagar ou porque a recebiam dos estabelecimentos).

Por vezes, o coxinha é também um tremendo "caga-regra", que acha que entende tudo sobre qualquer assunto, sempre tem uma explicação a dar, de astrologia a zootecnia. Há quem diga que com o tempo o corpo do coxinha vai adquirindo o formato do salgado, mas isso é mentira porque coxinha de verdade não perde uma oportunidade de ir à academia, digo, "ao treino".

Curioso é que coxinhas raramente comem coxinhas (o salgado). Enfim, a associação é uma grande injustiça com o clássico salgado que já matou e mata a fome de tantos, proporcionando ainda momentos de intensa alegria gastronômica, especialmente nas versões com catupiry e coxa-creme, com aquele ossinho para fora, para ajudar a comer a iguaria com as mãos.

Nos últimos anos, com o acirramento dos ânimos em períodos pré e pós-eleitorais nas redes sociais, o termo "coxinha" foi exportado para as demais unidades da federação como apelido pejorativo para rotular pessoas com certo tipo de convicção política, mas não é essa rivalidade que é tema deste livro. Até porque, pelo que dizem, coxinhas têm mais dinheiro e mais chance, portanto, de comprar este livro e eu não posso correr o risco de perder leitores de um lado ou de outro.

Educação x simpatia

Sendo um carioca que vive em São Paulo há mais de uma década, eu aprendi que há diferença entre educação e simpatia. Segundo a pesquisa feita para este livro, 57% dos entrevistados consideram as pessoas de São Paulo mais educadas, contra apenas 8% que avaliam que os cariocas fizeram curso na Socila, escola de boas maneiras extinta nos anos 1990, para moças do Rio.

Antes que alguém questione a mostra, apenas 13% dos que nasceram no Rio acham que sabem empregar melhor as expressões "por favor", "com licença" e "obrigado", contra 49% que reconhecem os benefícios da formalidade paulistana.

O percentual a favor dos bandeirantes só aumenta entre os cariocas que moram em São Paulo: 75% contra os mesmos 8% em defesa da influência portuguesa mais direta. Entre os paulistanos, 67% se consideram mais educados e apenas dois entrevistados acham que o Rio merece ficar com o título.

E a situação só piora para os cariocas entre os paulistanos que passaram a conhecer melhor o Rio: o percentual dos que seguem achando São Paulo a melhor escola de boas maneiras explode para 89%, com nenhum voto a favor exclusivamente do Rio. Os 11% restantes são divididos entre pessoas que consideram as duas cidades iguais em educação. (Antes de xingar o autor, ou depois, leia mais adiante as respostas sobre a simpatia dos cidadãos pelas duas cidades.)

Estilo

Enquanto os cariocas honram a fama de que vão de chinelo a qualquer lugar – especialmente a partir do horário da feijoada no almoço de sexta-feira –, os paulistanos fazem jus ao clichê de que gostam de se produzir até para ir ao shopping. As temperaturas mais amenas de São Paulo (fora do verão) funcionam como justificativa para o sujeito vestir mais roupas e achar que está na Europa.

Ainda que seja de um estilo mais *hipster*, ou sujinho mesmo, o paulistano levará duas horas para ficar desarrumado dentro da sua proposta de imagem, com os fios de cabelo e de barba milimetricamente posicionados fora do lugar. Até para andar desarrumado o paulistano se empenhará mais do que o carioca.

O tempo gasto pelo paulistano escolhendo a roupa para ir à padaria o impede de frequentar a academia mais de três horas por dia, como fazem os homens e as mulheres cariocas bem avaliados na praia. O paulistano bem que tenta se vestir de uma forma despojada quando está de folga, mas, ainda assim, estará mais arrumado do que um carioca numa segunda-feira.

Não, ainda não é socialmente aceito andar sem camisa pelas ruas de São Paulo. Nem de sunga ou de biquíni.

Falta de estilo

Tanto a mulher quanto o homem carioca vestem qualquer roupa para sair de casa. Aonde quer que vá, o carioca parece estar indo para a praia. A boa desculpa é o calor da cidade, que o impede de usar um terno e manter a dignidade ao mesmo tempo. É muito mais fácil ficar bem vestido numa temperatura média de 20° C do que a 50° C à sombra. O Rio é o único lugar do mundo onde a camiseta regata não saiu de moda.

As altas temperaturas exigem o uso de mangas curtas pelos homens e estimula o uso de roupas mais curtas e decotadas pelas mulheres. Deve ser por isso que dizem que a mulher carioca se acha linda de corpo. Também deve ser por isso, e pelo tempo dedicado por elas ao corpo, que muitos homens concordam.

O carioca se considera arrumado para trabalhar no Rio com uma camisa polo e tênis. A meia (branca e esportiva) é opcional. Se você encontrar um sujeito com essas roupas pelas ruas de São Paulo num dia de semana normal, provavelmente ele é carioca, é segunda-feira e o voo do Rio atrasou, impedindo que ele passasse em casa para completar sua fantasia de paulistano (quem nunca?).

Eufemismos paulistanos

Também deve ter sido São Paulo que inventou o consultor de vendas para substituir o vendedor, o colaborador para roubar o lugar dos operários e o operador de fotocopiadora para tirar xérox. Possivelmente para não parecer que o sujeito está trabalhando tanto.

Outros casos de eufemismo (e alguns estrangeirismos) tipicamente paulistanos que já se espalharam pelo restante do país: empresas que não vendem mais mercadorias, mas "experiências", firmas de mudança que agora fazem "serviços integrados de logística", sites de notícia que oferecem "conteúdo", bijuterias sendo comercializadas como "semijoias", fábricas sendo substituídas por plantas, com áreas de *supply chain* no lugar das de compras, cabeleireiros autointitulando-se *hair stylists* e lojas de pijamas que agora vendem *homewear*.

O caso mais grave que eu já registrei, logicamente em São Paulo, foi de ônibus executivo (com ar-condicionado) sendo chamado de "mobilidade corporativa". Sério.

Homens, todos iguais

Homens heterossexuais cariocas e paulistanos são igualmente eternos contadores de vantagens: homens do Rio, sobre o seu físico; homens de São Paulo, sobre a mensalidade de academia que sua conta bancária permite pagar, mesmo sem frequentar o ambiente.

Mas ambos vão olhar para a mulher que acharem bonita (ou seja, qualquer uma). A diferença é que o carioca vai parar o que estiver fazendo (o jogo de futevôlei ou o chope no bar) e ainda vai torcer o pescoço para enxergá-la por mais tempo; o paulistano, mais discreto, para não correr o risco de ficar improdutivo por alguns segundos que sejam, vai olhar para a "mina" sem interromper sua atividade no momento, que pode ser: dirigir, pegar o busão ou digitar no celular.

Intimidade carioca

Nada mais representativo da carioquice do que a informalidade do sujeito te abraçar e virar seu melhor amigo no mesmo momento em que é apresentado a você, prometendo novos encontros, viagens e toda sorte de coisas que não vão se concretizar, tal como as ofertas feitas por um amante casado. Tudo com muita exclamação, claro.

Quando se despede, te dá um abraço ainda mais apertado de velhos camaradas, pois, afinal, vocês agora já são íntimos. Na segunda vez que vocês se virem, ele te chamará por um apelido que nem você sabia que tinha e talvez não goste. Mas a viagem não vai sair da mesma maneira.

O lado ruim dessa intimidade fácil do carioca é o seu falso senso de comunidade. É aquela menina simpática que chega, sem te conhecer, depois que você está por 20 minutos sozinho aguardando na lateral da fila de embarque da ponte aérea para tentar adiantar o voo, e pergunta para a funcionária da companhia aérea: "E aí, vai ter lugar para nós três?", como se vocês estivessem juntos e como se o seu embarque dependesse do dela. Opa! Pera lá! Eu já estou em São Paulo há tempo suficiente para ter me transformado num monstro individualista e não estar nem aí para saber se você vai conseguir embarcar ou não! Já comprei até carro para andar sozinho! Se a farinha é pouca, meu pirão primeiro. Se só tiver um lugar no avião, ele é meu!

Em casos mais extremos e bastante frequentes, é aquele espírito do morador de um "apê" caro na zona sul que acha que fez a pirâmide social brasileira desmoronar nas areias de Ipanema só porque frequenta a mesma praia que o seu vizinho do Pavãozinho, ou porque chama o garçom pelo nome.

Jeitinho carioca

Sabe o que pode ser mais inconveniente e abusado do que o jeitinho brasileiro? O jeitinho carioca. Trata-se de uma versão avançada do estilo que lhe dá origem, pois o carioca sente necessidade de provar que é ainda mais malandro do que todo o resto do país junto. Deve ser por isso (e não pelas belezas naturais, pela caipirinha ou pelo Carnaval) que a imagem do Brasil no exterior é tão associada ao Rio, para o bem e para o mal.

Não é à toa que o Gérson (o da Lei de Gérson, que diz que o importante é levar vantagem, seja ela lícita ou não) é carioca (tá, na verdade ele é de Niterói, mas isso estragaria a piada e é só uma questão de atravessar a ponte). Sempre que pinta um problema, o carioca acha que conhece alguém que conhece alguém importante para resolver.

Mulheres

A mulher paulistana, em geral, acha que o homem está sempre olhando para ela. A carioca tem certeza. Ambas costumam estar certas.

A beleza da mulher carioca é mais agressiva e te convence da sua existência quase na base da agressão, com roupas mais justas e decotadas. Já São Paulo valoriza sua raiz bandeirante e exige um pouco mais do espírito de exploração para encontrar o charme da mulher paulistana.

Nacionalismo paulistano

O paulistano de raiz, apesar de toda a crítica que faz à cidade, bate no peito com orgulho para dizer que São Paulo é a "locomotiva do país", ainda mais quando é 9 de julho, dia de feriado paulista que celebra uma batalha perdida que, no fundo, queria mesmo era a separação de São Paulo do resto do país. De vez em quando ainda aparece um ou outro querendo a "independência" de São Paulo.

Apesar disso, o paulistano, de modo geral, é mais aberto a receber críticas do que o carioca, tanto que costuma fazê-las antes de quem vem de fora. Coisa de cidade que recebe ondas de imigrantes até hoje, já que quem vem de fora sempre acha que tem uma "contribuição a dar". É coisa também de estado rico, que se acostumou a ser vidraça, já que dizem que brasileiro adora pegar no pé (e a carteira) de quem tem dinheiro.

Assim como ser carioca é mais uma identidade do que uma certidão de nascimento, há muitos cariocas que são verdadeiros paulistanos desde criancinhas: apenas saem do armário quando se mudam para São Paulo. Já me disseram que é o meu caso.

Passa lá em casa!

Emblemas da intimidade instantânea do carioca são os já folclóricos "passa lá em casa", que o carioca diz sem dar o endereço, e o "me liga" sem dar o número do telefone (caindo em desuso com a popularização das redes sociais e dos sistemas de mensagens instantâneas). Pode ser substituído ou respondido gentilmente com um "bora marcar", que também encerra qualquer conversa sobre um encontro que nunca acontecerá de verdade.

Morando em São Paulo, a frase que o carioca passa a dizer para seus patrícios é "avisa quando vier a São Paulo", da mesma forma que passa a ouvir deles "avise quando estiver por aqui", situações que dificilmente acontecerão de fato.

Cabe aqui um direito de resposta: embora o carioca nunca dê o endereço, a vontade dele de te encontrar é sincera. Só que a preguiça de quem faz o convite e a vontade de curtir a vida são maiores, seja por ele estar ocupado batendo palma para o pôr do sol no Arpoador, seja por simplesmente estar tomando uma cerveja enquanto a vida passa.

No fundo, o convite do carioca não é uma mentira no sentido vulgar da palavra. Seria mais uma mentira sincera, para citar um carioca ilustre, com conhecimento de causa: Cazuza. O carioca não está marcando um encontro com um amigo quando sugere para se encontrarem; ele está apenas "marcando de marcar" algo, somente para dizer que gosta do outro e que, se um dia se encontrarem novamente por acaso, será legal.

Pontualidade carioca

Chegar na hora não é o forte do brasileiro. E cariocas são extremamente patriotas. Se o paulistano atrasa uma ou duas horas para chegar a um aniversário (e sempre vai usar o trânsito como desculpa, como se aquela quantidade de carros nas ruas fosse mesmo uma novidade), o carioca é capaz de chegar às 20 horas numa festa que estava marcada para começar às 14 horas. E a festa ainda vai estar bombando se for no Rio, porque as pessoas acabaram de chegar.

O carioca tem um relógio diferente, que não registra a hora exata, mas uma margem de erro de pelo menos 30 minutos. Por isso, marca seus compromissos (como ir à praia, tomar um chope) "entre uma e uma e meia", por exemplo, "perto de duas", ou "por volta das três".

Se for um compromisso adiável, então, melhor nem anotar na agenda quando for a primeira tentativa. Ao combinar algo com um carioca, aceite que são superiores a 50% as chances de o encontro ser remarcado.

Regra, o amor bandido paulistano

Problema de matemática: se um estacionamento tem duas cancelas na entrada, uma com indicação para *credenciados* e outra para *credenciados e visitantes*, por que apenas a cancela dos credenciados tem fila? Porque esse estacionamento fica em São Paulo e, se tem uma coisa que paulistano ama e da qual morre de medo ao mesmo tempo, é de regra.

Embora pudesse usar a cancela ao lado, o credenciado paulistano a evita, primeiro porque também ama uma fila, e depois por medo de estar infringindo alguma norma se tentar usar a entrada ao lado, já que ela está vazia. Afinal, se ninguém mais está nela, é porque alguma coisa está errada em usá-la. Pelo mesmo motivo, quase sempre o paulistano escolhe a pista de rolamento que esteja com a maior fila de carros no trânsito.

Nem é preciso dizer que o carioca tentaria passar na cancela mais vazia, mesmo que ele não se enquadrasse em nenhuma das categorias que podem usá-la.

Outro exemplo real: mesmo sendo permitido a carros particulares em São Paulo trafegar aos domingos nos corredores que são exclusivos para ônibus durante a semana, são poucos os automóveis que se aventuram nas vias expressas nesses horários, ainda que as pistas convencionais estejam com um engarrafamento infernal (o que também ocorre aos domingos).

Claro, essa resignação toda não é (só) por cidadania. É por medo de tomar uma multa caso a legislação tenha mudado ontem e ele não tenha sido informado. Na dúvida, é melhor ficar com o carro parado, como o paulistano já está acostumado. Da mesma forma, ele respeita o limite de velocidade e as faixas de ônibus em toda a cidade durante a semana, com medo de que tenham instalado ontem uma câmera de trânsito nova justamente onde ele passa. E, muitas vezes, ele está certo.

O chato é que esse argumento do receio de tomar uma multa também serve para a maioria dos paulistanos ignorar solenemente a sirene da ambulância que está atrás, quando ele está parado no farol vermelho – esse é o momento em que os paulistanos mais respeitam a regra de não avançar sobre a faixa de pedestres. O motorista carioca tem prazer em ajudar por solidariedade, mas também pela chance de desobedecer a uma regra dentro da lei.

Senso de humor

Achei que era só eu, mas percebi em anos de convivência com outros cariocas transferidos para São Paulo que a nossa raça, em geral, está sempre procurando uma brecha para fazer uma piada, soltar uma gracinha, mesmo nos momentos mais impróprios, tipo o primeiro dia no emprego paulistano ou numa reunião de trabalho com o chefe.

Não é verdade que paulistano não tem senso de humor. Ele só é um tanto arredio e desconfiado num primeiro momento, quando acaba de te conhecer. Especialmente com cariocas (e alguém lhes tira a razão?), mas podem ser conquistados com o tempo. Afinal, não dizem que o amor vem com o tempo nos casamentos arranjados?

Agora, a ideia de que o bom humor do carioca se faz presente em 100% do tempo é um mito no qual só acredita quem nunca precisou encarar uma discussão de trânsito no trajeto Centro-Barra.

Seriedade paulistana

Apesar da fama de viciado em trabalho, o paulistano gosta mesmo é de tirar folga, pois é quando ele aproveita para fazer compras no supermercado, lavar o carro, levar a filha ao dentista, pegar o carro no conserto, tentar terminar a obra de casa, todas essas coisas que relaxam e que ele não consegue fazer num dia normal, quando o seu emprego atrapalha o prazer que ele poderia ter de passar o dia inteiro no engarrafamento resolvendo tudo isso.

Paulistanos adoram marcar reunião de trabalho para decidir as coisas mais simples, como se o assunto a ser discutido fosse realmente mudar o mundo. Já o carioca, em especial o recém-chegado a São Paulo, está sempre procurando uma brecha para fazer uma piada na mesma reunião (sim, especialmente numa reunião de trabalho). E faz a gracinha de qualquer jeito, mesmo sem ter encontrado uma oportunidade.

Em São Paulo tudo é levado tão a sério que é capaz deste livro ficar na seção de Turismo.

Simpatia x educação

O carioca honra sua fama de parecer um vereador eternamente em campanha. Na pesquisa feita para este livro, os cariocas vencem o troféu Miss Simpatia com 49% dos votos gerais contra 18% para São Paulo. Como carioca "se acha", o percentual a favor do Rio dispara para 67% quando apenas os nascidos na cidade são perguntados, e se mantém quando a pergunta é feita aos cariocas que vivem em São Paulo.

Fazendo o caminho de volta pela Dutra, entre os paulistanos a simpatia do Rio está ainda mais distante de ser uma unanimidade: apenas 33% consideram os cariocas mais agradáveis, 27% preferem seus conterrâneos e 31% consideram as duas cidades igualmente boas no quesito.

Quando o paulistano passa a viver no Rio, a comparação entre as duas cidades tende a ficar mais equilibrada: embora o percentual dos que apostam na Cidade Maravilhosa como mais simpática caia levemente para 32% nesse grupo, o percentual de pessoas que passam a considerar os cidadãos das duas capitais igualmente simpáticos dispara para 47%, contra 23% que ficam em cima do muro quando a pesquisa abrange brasileiros em geral.

Virou paulista?

Se você for do Rio e tiver se mudado para São Paulo há uma semana ou 15 anos, a primeira coisa que um carioca perguntará ao saber disso é se você já mudou de naturalidade, um pouco por bairrismo, outro tanto só para puxar assunto, mas também para poder fazer alguma piada jocosa com seu conterrâneo, como fazem com os paulistas de fato.

Na sequência, o carioca que permaneceu no Rio vai perguntar se você não sente falta do mar, como se você e ele fossem à praia todos os dias, sendo que fazia mais de um ano que você não colocava o pé na areia antes de se mudar. E chamará São Paulo de Sampa.

Por fim, ele dirá "avisa quando vier ao Rio", mesmo que vocês estejam um de frente para o outro em Ipanema, desocupados e conversando. Na sequência, dirá que "neste fim de semana" ele não pode porque vai para Búzios, para a casa da sogra ou até para São Paulo, mas "na próxima vez...". No fundo, carioca é controlador e gosta só de saber quem está na cidade dele.

Já o paulistano jamais perguntará a outro paulistano se ele "virou carioca", porque sabe que é impossível alguém deixar de ser paulistano.

O taxismo em diferentes cores

Oba, vou pegar um táxi! Se essa frase lhe causa risos incontroláveis, é porque você sabe do que estou falando. Se você acha que táxi é apenas um serviço de transporte confiável com chofer à sua disposição por alguns minutos (ou horas, se depois das 17 horas em São Paulo), pode ser bom se informar melhor, antes mesmo de comprar a passagem para o Rio ou para São Paulo.

Embora tanto paulistanos quanto cariocas reclamem dos taxistas de suas cidades, na pesquisa realizada para este livro 55% dos entrevistados (cariocas, paulistanos e brasileiros em geral) consideram o serviço melhor em São Paulo, 19% avaliam como igualmente ruim nas duas cidades e 9% preferem os táxis do Rio (!), mesmo percentual que considera o transporte igualmente bom (!) nas duas capitais.

A maior semelhança entre os taxistas do Rio e os de São Paulo, além de ambos odiarem a concorrência de aplicativos de celular que podem indicar o melhor caminho ou um serviço melhor do que o deles, é o fato de serem igualmente a favor da pena de morte para esse bando de vagabundos.

Alma do taxista carioca: como compreendê-la?

Taxista no Rio não te leva a um lugar, ele te dá carona. E cobra por isso. Ele vai por onde quer, ouve a música (ou o culto) que quer, no volume que quiser, e dirige na velocidade que quer. Alguns taxistas no Rio, aliás, levam ao pé da letra o conceito de corrida.

E o problema é seu. Afinal, o carro é dele, ele também faz o preço e cobra os adicionais que achar conveniente, alegando que aquela sacola de supermercado que você mesmo carrega deve ser considerada bagagem.

A favor dele está ainda a subjetividade de determinadas regras que, de tempos em tempos, são endossadas pela prefeitura, como a de que é permitido cobrar bandeira dois para subir ladeiras, mesmo que estejamos num dia útil, em horário comercial. A dificuldade, claro, é definir o que é uma ladeira propriamente dita, quantos graus de inclinação devem ser considerados, por exemplo. Porque, afinal, fazer isso é muito mais fácil do que exigir que o sujeito se desfaça daquele Santana 1992 para comprar um carro que consiga chegar ao destino final do passageiro.

Se quiser ser feliz no Rio, esqueça aquela proibição careta do Código Nacional de Trânsito a respeito de motorista falar ao celular. Ela não vale para taxistas cariocas. Especialmente se estiverem com passageiro no carro.

Ar-condicionado: para quê?

Em São Paulo, o taxista médio olha para você como se estivesse vendo um alienígena quando pede para ligar o ar-condicionado, qualquer que seja a temperatura do lado de fora. Possivelmente dirá que o acessório está quebrado, que ele está gripado ou tem alergia (como se ficar com a janela aberta respirando aquela poluição fosse a cura para qualquer rinite), um pouco por achar que está no inverno europeu e outro tanto por antipatia mesmo. Se, por fim, ele aceitar seu pedido, deixará o vidro abaixado: o dele e o do carona.

Portanto, em São Paulo, quando fizer sinal para um táxi e ele estiver com a janela fechada, suspeite. Ao contrário do que acontece no Rio, isso não é garantia de que o ar esteja ligado. Pelo contrário. O calor do lado de dentro do carro pode estar pior do que o do lado de fora.

Da mesma forma, é óbvio que, assim que a temperatura externa atingir menos de 20º C, o taxista paulistano passa a circular com a calefação ligada. Afinal, o sonho dele é dirigir táxi em Londres. Se o taxista puxar papo ou já estiver com o ar ligado quando você entrar no carro, as chances são grandes de ele ser carioca.

No Rio, apesar de ar-condicionado não poder ser considerado sequer acessório para o carro, você sempre poderá encontrar um taxista que invente que o aparelho está quebrado ou fazendo um barulho esquisito, para economizar o aparelho e o combustível. O melhor a fazer é escolher o táxi que esteja com as janelas fechadas, pois é provável que o aparelho vai estar ligado e o motorista sabe que dificilmente pegará passageiro se não for assim. Mas poderá ser desativado antes de a corrida terminar se o seu destino for muito próximo.

Aterro ou praia?

A primeira coisa que quem chega ao Rio pelo Santos Dumont precisa saber é se quer ir pelo Aterro ou pela praia caso esteja indo para a zona sul. Se você vacilar na hora de responder, o taxista terá certeza de que você não é da cidade e cortará caminho por Bangu. Esse, logicamente, é o primeiro objetivo da pergunta. O segundo, e oficial, é saber por quais pistas você quer ir, se pelas expressas do Aterro do Flamengo – que passam por Botafogo também – ou pelas que levam os nomes de Praia de Botafogo e Praia do Flamengo, que, apesar dos nomes, ficam mais próximas aos prédios e têm semáforos.

Portanto, se você nunca foi ao Rio, não pense que o taxista já está te enganando só porque ele está indo mais próximo à Baía de Guanabara quando você respondeu "Aterro". Sempre que puder, escolha o Aterro, pois costuma ser mais rápido e mais bonito mesmo (afinal, é por isso que você está no Rio).

Essa pergunta fazia mais sentido quando ainda não haviam instalado um sinal de trânsito no começo do Aterro, próximo à Avenida Rio Branco, o que torna a experiência um tanto brochante para quem estava acostumado a sair do Santos Dumont em alta velocidade em direção à zona sul.

Cor do táxi

No Rio, os táxis não precisariam usar aquele letreiro luminoso para indicar sua função, dada a combinação discreta do amarelo-ácido com a faixa lateral azul-escura de sua lataria. Lembram os táxis nova-iorquinos, não pela cor amarela, mas porque em muitos momentos é impossível compreender o que o motorista fala.

Em São Paulo é possível se divertir fazendo sinal na rua para qualquer carro branco importado, só para irritar o motorista/proprietário rico, já que essa é a cor padronizada dos veículos de praça da cidade.

Aliás, o fato de os táxis serem brancos em São Paulo acaba

limitando ainda mais o universo de cores criativas possíveis para o paulistano comum escolher para o seu possante particular, o que deixa a paleta de cores da cidade ainda mais limitada a 256 ou 50 tons de cinza. Deve ter sido proibida a compra de veículo que não seja prata ou preto em São Paulo, se você não estiver mais nos psicodélicos anos 1960 e 1970.

Não que seja fácil imaginar o paulistano coxinha médio sair para comprar um carro verde-limão ou amarelo-manga, a não ser que as tonalidades estejam na moda lançada por alguma música, novela ou peça de publicidade.

Discutindo a relação

Se você for para a rodoviária, é bem provável que o taxista carioca pergunte o destino do ônibus, para ver se consegue descolar uma corridinha até Petrópolis ou para a região dos Lagos. Uma forma de cortar o papo, especialmente se for tarde da noite, é dizer que vai para São Paulo. Em geral, eles não se animam muito.

A corrida preferida tanto do taxista paulistano quanto do carioca é a que tem como destino os aeroportos. Além de ficarem longe da área central da cidade, são pontos dos quais eles nunca voltarão vazios, mas sim com mais uma corrida também de boa distância, tendo como passageiro potencial alguém que acabou de chegar, disposto a gastar bastante dinheiro e que não conhece os valores vigentes e as distâncias da cidade.

É o Marcelo?

Se você acha que o taxista carioca é malandro, é porque não conhece os passageiros do Rio. Uma vez, enquanto eu aguardava a chegada do táxi que havia pedido numa cooperativa, um motorista se aproximou, abriu a janela e perguntou "Marcelo?", ao que eu prontamente respondi "não, Felipe". "Ah, então pode entrar, é para você mesmo", ele respondeu. E era, pois o número do carro correspondia ao que havia sido informado a mim.

Durante o caminho, ele me explicou que tem passageiro que finge que foi ele que chamou o táxi que chegou. A solução do taxista, para não ser passado para trás nem deixar o cliente na mão, é mentir o nome do passageiro que ele está esperando. E o passageiro carioca, cansado de ser enrolado nesta vida, decide responder à malandragem do taxista com ainda mais esperteza.

Em outras palavras, a situação está tão grave que estão roubando até corrida de táxi no Rio.

Escolhendo o trajeto

O taxista de São Paulo sempre pergunta que caminho você prefere. Primeiro, porque muitas vezes ele não faz ideia de como chegar ao destino escolhido. Depois, ele precisa ter a quem culpar quando vocês dois estiverem parados no engarrafamento.

No fundo, o taxista paulistano sabe que não adianta tentar negociar o tamanho da corrida ou um percurso com um trânsito mais amigável, pois sabe que dificilmente chegará a qualquer lugar da cidade em menos de uma hora, ou a mais de 15 km/h, e ele já combinou de pegar um passageiro no Morumbi para levar ao Aeroporto de Guarulhos às 20 horas. Embora ainda sejam 14 horas, ele não pode ficar muito longe, porque sabe que só vai conseguir voltar no dia seguinte.

Só não espere que ele acate sempre a sua sugestão se você for de fora da cidade e seu sotaque denunciar isso, mesmo que a sua proposta seja indiscutivelmente melhor. A pergunta dele sobre o trajeto, nesses casos, poderá ser meramente retórica. Afinal, demonstrar que conhece mais a cidade do que ele é uma ofensa para o motorista paulistano.

O taxista de São Paulo muitas vezes se acha capaz de adivinhar o melhor caminho com mais sucesso do que os aplicativos atualizados em tempo real via internet e se recusa a usá-los. Antes do GPS, os taxistas respeitavam os pesados guias de ruas como se fossem uma Bíblia, pois reconheciam que é impossível para uma só pessoa conhecer mais de 30% das ruas de São Paulo.

Uma coisa boa a dizer a respeito dos taxistas do Rio é que, dada a geografia da cidade, espremida entre a montanha e o mar, e com empresas e órgãos de governo concentrados entre centro e zona sul, os mais experientes conhecem 99% das ruas e como chegar a elas pelo nome. Isso não quer dizer que ele vai fazer sempre o caminho mais rápido e curto para o passageiro – ele fica ofendido se você sugere algum caminho e acaba sempre fazendo o trajeto que quer.

Se ele pergunta que caminho você prefere fazer, provavelmente só está te testando, para saber se você é da cidade e para decidir se corta caminho por Cabo Frio ou por Jacarepaguá para ir da zona sul ao centro. E o uso de GPS ou aplicativos para evitar engarrafamentos está fora de questão, porque taxista carioca não pede informação, especialmente a uma voz feminina.

Honestidade

De modo geral, o taxista de São Paulo é mais honesto do que o do Rio. Pegar um táxi aleatório, dos que são proativamente ofertados assim que você pisa em solo carioca, na rodoviária ou nos aeroportos do Rio, é certeza de ser roubado. O mínimo que pode acontecer é o taxímetro estar adulterado e a corrida dar uns 50% a mais ou o dobro do valor oficial. O princípio é simples: se estão te oferecendo tanto, é porque boa coisa não deve ser.

É nesses lugares maravilhosos, especialmente na Rodoviária Novo Rio, que você encontrará a oferta de serviços de transporte, digamos, "alternativos", de carros amarelos (pintados muitas vezes com tinta-esmalte, aquela de parede mesmo) sem a faixa lateral azul que identifica os táxis da cidade.

Se você pegar o táxi da cooperativa local nesses pontos de chegada, terá de enfrentar uma fila considerável nos feriados, sabendo que pagará mais do que pagaria numa corrida com um táxi comum e honesto, mas, como o preço é tabelado por bairro de destino, pelo menos a vítima (digo, o passageiro) já conhecerá o tamanho do estrago com antecedência.

Leilão de passageiros

Um hábito no mínimo pitoresco de muitos taxistas cariocas é o de fazer leilão na hora de escolher o passageiro para o seu carro, perguntando o destino antes de a vítima entrar no veículo e rejeitando corridas que não sejam no mesmo sentido em que ele está a fim de ir.

O interessante é que o seu trajeto pode ser rejeitado tanto por ser muito longo e desconhecido ("ah, para a Barra, eu não vou") quanto por ser curto demais, porque ele acha que está perdendo a corrida dos sonhos enquanto te leva na esquina, embora, em termos matemáticos, seja uma corrida proporcionalmente muito mais vantajosa.

Agora, se ele não tiver conseguido evitar aquela sua corrida de R$ 15, ficará de mau humor e vai querer se livrar de você antes ainda de chegar ao seu destino, um pouco por vingança, mas também para pegar logo outra corrida. Afinal, o carro é dele e ele está te fazendo um favor. Se você pedir ao taxista carioca para ficar numa estação de metrô, ele vai tentar te deixar numa estação ainda mais próxima de onde vocês estão, diferente do que ocorre na capital paulista.

Em São Paulo, se você pede para o taxista te deixar em alguma estação de metrô ou trem, ele provavelmente vai perguntar seu destino final, para tentar ganhar uma corrida maior até lá. Tudo em nome do empreendedorismo.

Não tem menor, não?

Invariavelmente, o taxista carioca (e, às vezes, o paulistano) vai perguntar se você não tem uma nota menor, mesmo que a corrida tenha dado R$ 45 e você tenha oferecido uma nota de R$ 50. Se não tiver, não tem problema: ele espera você sair para trocar em algum boteco ou padaria. Com o taxímetro ligado, claro. Ops, deu R$ 50 agora.

Onde encontrar?

Tanto no Rio quanto em São Paulo, a coisa mais fácil que existe é encontrar táxi. E a mais difícil é achar um disponível, sobretudo nas grandes concentrações de pessoas. Quem chega ao Rio e vê aquele mar de carros amarelos em Copacabana logo se anima achando que vai transitar pela cidade com tranquilidade.

Só depois de meia hora você vai perceber que todos os táxis já estão com passageiros ou que o motorista está indo buscar alguém para outra corrida chamada pelo rádio, telefone ou aplicativo. Isso é curioso, já que o mesmo táxi que você chama eletronicamente não estará disponível se você fizer sinal na rua. Pode fazer o teste (se quiser perder tempo). Quando é você que pede um carro nessas cooperativas, elas muitas vezes nem dão retorno. Especialmente se for em dia chuvoso, quando tanto os táxis do Rio quanto os brancos de São Paulo, possivelmente por serem feitos de açúcar, desaparecem.

Apesar disso, como tudo que é ruim sobrevive às condições mais inóspitas, o táxi do Rio costuma estar disponível onde você menos espera, como no meio da Barra da Tijuca, na porta de cemitérios distantes, já que foram deixar alguém nesses locais. Em São Paulo, nem assim você se livra de ter que usar o aplicativo ou ligar para uma cooperativa. Fora isso, eles podem ser encontrados às pencas nas saídas da rodoviária e dos aeroportos. Mas, como o cego desconfia quando a esmola é grande, é importante sempre tomar cuidado na hora de escolher um carro de boa procedência, de preferência algum no embarque que esteja indo deixar alguém, pois, pelo menos, você terá certeza de que o passageiro anterior sobreviveu.

Você percebe que a malandragem atravessou a ponte quando um taxista de Niterói (carro azul-marinho com faixa branca) oferece seus serviços na saída do Santos Dumont.

Papo de taxista

Em geral, o taxista do Rio se divide entre o que puxa papo quando você não quer e o que corta a sua tentativa de conversa simpática com uma resposta seca, ou sem nenhuma, quando você tenta perguntar alguma coisa. Porque carioca é assim: reclama do taxista que não para de falar, mas adora puxar assunto com o motorista quando ele quer ficar na dele.

Como faz qualquer taxista, se ele iniciar uma conversa com você, será para defender a redução da maioridade penal e contar sobre quando ele recebeu uma loira novinha muito gostosa como passageira, que quis pagar a corrida com serviços sexuais (depois que ele deixou o namorado dela em casa, claro), e ele rejeitou, ou acabou topando meio a contragosto. Afinal, isso acontece todo dia nessa excitante carreira, quaisquer que sejam o peso, tamanho ou idade do irresistível motorista.

Tabela ou taxímetro?

O carioca é um saudosista. Deve ser por isso que, quando há reajuste das tarifas dos taxímetros, os táxis cariocas passam um ano circulando com uma tabela pregada no vidro do banco do passageiro informando o valor que o taxímetro quer realmente dizer. Semelhante ao que ocorria na época da hiperinflação, quando era realmente impossível ajustar todos os taxímetros da cidade em uma semana, antes da entrada em vigor da próxima tabela.

Portanto, ao chegar ao Rio, não se espante se o valor cobrado for maior do que o que está marcado no taxímetro e se houver uma cartolina com os valores de conversão atrapalhando a bela vista que você achou que teria da orla da cidade. Também não se surpreenda se essa tabela continuar no mesmo lugar quando você voltar à cidade daqui a seis meses, mesmo que não tenha havido outro reajuste no período.

Alívio de carioca usuário do serviço é quando os reajustes têm intervalos de pelo menos dois anos, para dar tempo de o relógio do táxi ser aferido e o passageiro não ficar dependendo da interpretação do motorista.

Mas é maldade dizer que a burocracia carioca, uma evolução dessa tradição brasileira, tem como finalidade garantir uma propina para agilizar a aferição do relógio. Assim como seria injusto suspeitar que há motorista que mantém a tabela mesmo depois de ter aferido o taxímetro, só para reajustar duas vezes o valor da corrida.

Nota do autor. As afirmações deste capítulo são baseadas em conhecimento empírico de mais de trinta anos pegando táxis no Rio e em São Paulo. Mas é claro que, como em qualquer profissão e em qualquer cidade, há gente honesta e dedicada disposta a trabalhar corretamente.

São Paulo, lugar de gente feliz

Não é verdade que o trânsito em São Paulo é ruim todos os dias. Vai haver um dia em que ele vai estar ótimo, mas isso é só para você sair atrasado de casa amanhã, achando que vai conseguir repetir a proeza de fazer em 15 minutos o trajeto que normalmente leva mais de uma hora. E, obviamente, isso não vai acontecer (espero que minha chefe leia este capítulo).

Em São Paulo, se um lugar está a mais de cinco quilômetros de distância, já pode ser considerado distante, porque você pode levar uma hora para chegar lá. Claro, isso não impede o paulistano de pegar seu carro.

São Paulo é uma cidade dinâmica: de uma hora para outra forma-se um engarrafamento monstro recorde na sua frente, onde segundos atrás passarinhos sobreviventes da poluição cantavam. O problema todo começa quando alguém para. Como os carros estão sempre em fila, colados uns aos outros, se uma borboleta pousa no para-brisa de um carro no Morumbi, as consequências poderão ser sentidas no Tatuapé, tendo sido irradiadas pelas marginais.

Mas o paulistano tem memória fraca: pega todo dia o mesmo caminho ruim e diz "isso aqui nunca esteve assim". De fato, embora conhecidamente ruim, o trânsito de São Paulo consegue ser também imprevisível, pois, no mesmo horário, no dia ou na semana seguinte, pode estar pior, muito pior. É esse fenômeno que pode fazer o tempo de chegada a algum lugar variar entre dez minutos e duas horas.

Fila, entidade sagrada

Tal qual ar-condicionado e sol para os cariocas, a fila é considerada uma divindade pelos paulistanos. O engarrafamento diário, afinal, é apenas mais uma forma de fila. Quando estiver em São Paulo, respeite essa instituição poderosa. Até elevador lotado é sucesso em São Paulo, todo mundo quer pegar, pode reparar.

O segredo para o sucesso de um empreendimento em São Paulo é chamar uns amigos para formar uma aglomeração na porta nos primeiros dias. O paulistano típico que passar na frente vai achar que o lugar é o máximo só porque tem gente esperando.

Uma vez, com amigos paulistanos passando o Carnaval no interior do estado, procurávamos um lugar para almoçar. Havia dois restaurantes colados um ao outro: um com fila e outro com mesas disponíveis. Tínhamos a mesma quantidade de informações sobre ambos. Adivinhe qual eles escolheram. Afinal, se tem fila deve ser bom, eles raciocinaram e justificaram.

Em São Paulo, você fica desconfiado quando é o primeiro da fila. E é para ficar mesmo, pois são grandes as chances de você estar esperando no lugar errado. Paulistano gosta de pegar fila e comemora a posição que conseguiu, mesmo quando é para um evento com lugar marcado.

Alegria dos poucos paulistanos que não curtem fila é ficar em São Paulo nos feriados prolongados, para poder curtir os estabelecimentos de que ele mais gosta. O problema é que alguns desses locais também fecham nesses períodos, já que, sem fila, o paulistano empreendedor acha que não vale a pena abrir.

Eu percebi que já havia muito tempo que eu estava em São Paulo, quando me peguei procurando a indicação pintada no chão para o fim de uma fila em que não havia ninguém.

Função social da fila

Com a tradição de congestionamentos em São Paulo, a fila acaba servindo para conservar amizades e como passatempo para esperar aquele amigo que você chamou para jantar e que, obviamente, está preso no trânsito. Quem chega atrasado pode ficar tranquilo, pois sabe que o amigo pontual já está lá guardando o lugar na lista.

Um segredo sobre as filas de restaurantes em São Paulo é que você nunca fica nelas o tempo que a recepcionista anuncia. Elas sempre duram menos. A previsão exagerada tem um duplo efeito: de valorizar o estabelecimento e o de colocar o bode na sala. A moça fala que vai levar uma hora para te chamar, mas te convida a sentar em 20 minutos; você vai se sentir superespecial, sortudo e propenso a dar uma gorjeta maior. A cultura da fila gastronômica em São Paulo é tão arraigada que existe até um cardápio próprio para quem está à espera ir consumindo – desiste de ir embora, agora preso a uma conta, e bebe até achar uma maravilha ficar em pé do lado de fora. Mais recentemente, alguns aplicativos para celular vêm tentando substituir a fila por um modelo virtual, mas jamais substituirão o prazer e a excitante ansiedade de pertencer à aglomeração física na porta do estabelecimento.

Garçom paulistano

Carioca adora chegar a bares e restaurantes de São Paulo bancando o simpaticão e puxar papo com o garçom, que dificilmente deixa a conversa e a intimidade rolarem porque, afinal, tem que trabalhar. Por isso, desconfio que a média de funcionários por mesas em São Paulo seja menor do que no Rio, em que parece que os garçons recebem para fazer amizade com os clientes, enquanto algum paulistano de passagem pela cidade implora para ser atendido.

Por isso, quando estiver em São Paulo, pode ser melhor evitar o excesso de intimidade usando expressões como "amigão" para chamar o garçom. Paulistano de verdade, inclusive o garçom que veio de outro estado, escolhe muito bem suas amizades.

Lotação

São Paulo tem público para qualquer coisa. E tudo lota. Já pensei em organizar um campeonato de cuspe a distância na esquina de casa, e tenho certeza de que juntaria gente para ver. E pagar. Qualquer evento, por mais que você se julgue alternativo (e ache que só você vai querer curtir aquela porcaria), tem bilhetes esgotados nas primeiras horas, não importa quantos tenham sido colocados à venda, o dia da semana ou o tamanho do lugar.

Ir ao cinema em São Paulo no fim de semana ou no feriado exige programação. De uns três dias. Uma amiga acredita que as famílias paulistanas chegam ao shopping quando as portas estão abrindo e compram todos os ingressos. Já os bilhetes para os cinemas de rua são vendidos pela internet antes de você chegar (na verdade, tal como no Rio, as salas de cinema com porta na rua estão em extinção).

Para comprar ingresso para um evento em São Paulo, só madrugando na fila (isso se a compra for física, porque pela internet é impossível de qualquer forma). Se você não acha lógico passar mais tempo tentando comprar a entrada do que no evento em si, São Paulo não é lugar para você. No Rio também é difícil frequentar shows e afins, porque metade do espaço do evento (ou mais) estará loteada para convidados VIPs, mesmo que seja um lugar público como a praia.

Programas culturais

Que São Paulo tem uma intensa agenda cultural, de exposições, shows e peças teatrais, não é novidade para ninguém, mas o que marca mesmo a personalidade do paulistano nesses eventos é o fato de que ele chega mais de uma hora antes, só para poder curtir a fila da bilheteria e a da sala, mesmo que tenha lugar marcado.

Essa é a verdadeira diversão do paulistano, que ainda vai embora antes de a luz da sala acender. Afinal, paulistano está sempre com pressa para pegar uma fila, no caso, a do estacionamento. Se for num show, ele perde as melhores músicas, que só serão tocadas no bis, para poder pegar o carro antes dos outros. Competitivo, comemora que chegou à frente dos outros.

É sério, eu já vivi isso mais de uma vez em São Paulo: espectadores superfãs, que segundos antes gritavam e cantavam juntos as músicas, simplesmente viram as costas para o palco, com a música ainda rolando, e simplesmente vão embora, atrás do próprio carro ou de um táxi, item raro nas saídas desses tipos de evento em São Paulo. E no Rio também.

Santos italianos

A religiosidade dos paulistanos também é incontestável. Não é à toa que todo fim de semana tem comemoração em homenagem a algum dos cerca de 300 santos italianos nas ruas dos bairros ocupados originalmente por essa colônia. Ou seja, todos.

As festas mais conhecidas são: as de Nossa Senhora de Casaluce (maio) e Festa de São Vito (junho), ambas no Brás, a de Nossa Senhora Achiropita (agosto), no Bixiga, e a de San Gennaro (setembro), na Mooca. Tudo, logicamente, com muita comida e direito a matérias idênticas todos os anos (ou meses) nos telejornais, mostrando senhoras idosas cozinhando em panelas gigantescas.

Terra das oportunidades

O sonho do capitalista carioca (e do paulistano também) é trabalhar em São Paulo e morar no Rio. Também já foi o meu. O problema é que, por separar tão bem essas duas coisas, é muito comum o carioca expatriado para São Paulo voltar para o Rio todos os fins de semana, o que mina sua chance de ser feliz na cidade nova.

Realmente, em qualquer lugar onde a pessoa só trabalhe, mesmo que seja uma ilha paradisíaca em que ela venda coco, corre o risco de se tornar insuportável, até para um paulistano, que gosta tanto da labuta. Por isso, costumo dizer que, para gostar de São Paulo, é preciso aceitá-la primeiro, e essa é a maior dificuldade que muitos cariocas têm quando se mudam para a cidade.

Essa relação pragmática se explica pela vocação praticamente incontestável de São Paulo para o eldorado brasileiro, como os números comprovam: 81% dos entrevistados para este livro consideram a cidade melhor em oportunidades profissionais e de educação, enquanto ainda existe 1,5% de otimistas que ganham salários milionários no Rio que dizem que a cidade é melhor nesse item.

Entre os paus de arara, como eu, logicamente o percentual é ainda maior: 96% assumem dever os atuais estágios em suas carreiras a São Paulo, enquanto apenas um carioca, provavelmente desempregado e raivoso, discorde. Curiosa e tristemente para o Rio, mesmo entre os que fizeram a rota inversa e trocaram a garoa pela maresia, 95% preferem estudar ou trabalhar em São Paulo e nenhum reconheceu o Rio como local das oportunidades.

Rio, a meca (ou maca) do bom atendimento

O problema do setor de serviços no Rio não é a falta de educação, mas de audição. Só isso explica o fato de algumas pessoas ignorarem um cumprimento de bom-dia, ou que respondam com um grosseiro "eu tô atendendo outra pessoa". Ou eu sou mudo e não sei.

Graças ao bom atendimento carioca, não só em restaurantes, mas em qualquer prestação de serviços, com frequência pessoas de fora do Rio de Janeiro encerram os relatos sobre sua experiência na cidade com comentários do tipo "ah, mas a cidade é linda". Ou seja, o Rio maravilhoso virou uma oração adversativa.

A qualidade do atendimento no Rio é quase uma unanimidade. Dos 520 entrevistados, 82% disseram que os serviços em São Paulo são melhores, enquanto apenas 3% disseram que são o garçom e o balconista cariocas que sabem das coisas. Curiosamente, metade dos que votaram no Rio nesse item são cariocas e apenas um é algum paulistano querendo aparecer.

Esse estilo já levou alguns estabelecimentos a cultivar fama pelo péssimo relacionamento com clientes, e cariocas parecem adorar isso, pois, quanto mais maltratados são, com maior frequência vão ao estabelecimento. No fundo, não é que o serviço seja ruim, ele é personalizado. O garçom carioca sabe o que é melhor para você. Se ele não traz a cerveja que você pediu, pode ser só porque você já bebeu demais, ainda que essa seja a sua primeira cerveja do dia.

Bar estilo carioca

Está aí uma invenção tipicamente paulistana, que só chegou ao Rio nos anos 2000, logicamente importada de São Paulo. Paulistano acha que é só fazer um bar com decoração de ladrilho colorido, móveis de madeira e petiscos para se passar por um bar da Lapa. Aí vêm aquele chope cremoso (a mais de R$ 10 a unidade), um petisco diferente, o garçom todo arrumado e atencioso, e acabam com a magia do ambiente.

Se o bar quer ter estilo carioca mesmo, a primeira coisa que precisa fazer é atender mal, servir croquete meia-boca, cobrar caro por isso e, depois, abrir filiais em bairros diferentes. Porque, se tem coisa que carioca frequentador de bar adora é um boteco feio. No Rio, quanto pior for o bar esteticamente, melhor.

Quando alguém vai ao Rio pela primeira vez, o amigo carioca promete apresentar um bar muito maneiro. O estrangeiro (ou paulistano), então, depara-se com um pé-sujo xexelento, com mesas e cadeiras velhas que não recebe uma reforma desde a Copa de 1982.

E pior: corre o risco de adorar, pois nada tem mais a cara do Rio, especialmente se você estiver em boa companhia e bêbado.

Também é possível ser mal atendido em São Paulo, é claro, principalmente se o garçom paulistano descobrir que você é carioca.

Bar com filial

Embora São Paulo tenha um bar chamado Filial na Vila Madalena, quem gosta de bar com mais de um endereço na mesma cidade é o carioca. A origem dessa tradição é desconhecida, mas data pelo menos dos anos 1980, com o resistente Sindicato do Chopp (que apresentou os gurjões de peixe e de frango e a porção gigante de frango à passarinho por R$ 10 a toda uma geração), e, posteriormente, com o também bravo Manoel & Juaquim. Ambos ficaram conhecidos pelas suas bem servidas porções a preços justos e chegaram a ter lojas espalhadas por toda a cidade com o mesmo nome, mesmo cardápio, mesmo chope, mesmo serviço, mesma decoração e até os mesmos garçons dos endereços originais.

Hoje, brotam Belmontes, Botequins Informais, Espeluncas Chics, Botecos da Garrafa, Bares do Adão e Devassas em qualquer imóvel de rua que fique disponível na zona sul e não seja ocupado por uma farmácia. São os McDonald's do chope. O curioso dessa "macdonaldização" da boemia carioca é que, na maioria dos casos, diferentemente do que acontece no mundo do *fast-food*, não se trata de franquias, são filiais mesmo, tendo os donos do bar original como sócios. Uma das explicações para o sucesso dessa prática é que o carioca, no fundo, gosta de beber sempre no mesmo boteco. Então, por que não levá-lo para toda a cidade?

As separações cultural e geográfica entre zona sul e zona norte no Rio fazem com que muitos cariocas de uma região não queiram ir até a outra só para se divertir. Com isso, os bares de uma região acabam abrindo filiais na outra para aproveitar a fama depois que saem no guia de programas do fim de semana de *O Globo*.

Outra justificativa para a proliferação de filiais de bares e de bares com filiais no Rio é que muitos deles têm origens portuguesa e espanhola: sem saber fazer outra coisa na vida, sem ousadia para inventar outro negócio e sem confiar na ciranda financeira dos bancos, restava a esses empresários abrir outras lojas iguais. Com a troca de gerações da família na administração desses bares, o movimento de expansão, profissionalização e industrialização das empadas e pastéis se consolidou.

É no mínimo curioso que esse movimento de contrarresistência ocorra numa cidade com a tradição do Rio de ter bares e restaurantes centenários, como Café Lamas, Confeitaria Colombo, Rio Minho, Bar Luiz, Bar Brasil, Nova Capela e Aurora. Enfim, o carioca parece um tradicionalista até na hora de escolher um bar novo para frequentar: vai sempre ao mesmo, só que em outro bairro.

O paulistano é capaz de abrir vários bares ou restaurantes com os mesmos sócios, mas cada um terá um nome diferente. Primeiro, para sempre ter cara de novidade, coisa que paulistano adora. Depois, simplesmente, porque assim aumentam as chances de cada empreendimento ser considerado empresa de menor porte e manter os benefícios tributários, outra coisa com a qual o paulistano também se importa bastante e que talvez seja o mais importante disso tudo.

Carnaval

Se tem uma coisa que o carioca leva a sério, é o Carnaval. Sempre em caixa alta. Anos atrás, eu e dois amigos aguardávamos na chamada concentração e devidamente fantasiados para desfilar mais um ano pela Portela, fazendo o que tem para se fazer enquanto não vem a autorização para entrar na avenida: bebíamos, ríamos, cantávamos o samba e ensaiávamos alguns passos.

Quando as alas começaram a entrar na Marquês de Sapucaí, passa pelo nosso grupo um dos diretores da agremiação, um senhor idoso e aparentemente inofensivo, mas que nos dá um esporro homérico pelo que ele considerava ser uma enorme desorganização. O sermão foi coroado com um "isto aqui é Carnaval, não é bagunça, não!", que nos fez rir até o fim do desfile e curtir essa fala aparentemente paradoxal até hoje.

Da identidade ao RG

Como antiga capital da República, o Rio de Janeiro honra a tradição cartorária e burocrática brasileira, que nos fez criar a bizarra profissão do despachante, um "profissional do jeitinho", pago para garantir agilidade ao seu processo burocrático, ou apenas para se assegurar de que o documento solicitado será emitido. E a boa vontade reina nesses ambientes.

No Rio, também é comum ter certidões de nascimento, casamento e até de óbito digitadas com erro. É inexplicável, mas falo por conhecimento empírico. É como se quem preencheu o documento fizesse um sorteio aleatório de números e respostas para cada campo.

Uma historinha pessoal e uma revelação para você que chegou até aqui: ninguém pode negar que eu sou carioca, posso provar com a minha carteira de identidade. O problema é justamente esse: meu documento de identificação foi emitido no Rio. Embora eu diga que sou carioca, a verdade é que eu sou uma fraude: por uma casualidade da vida dos meus pais, nasci em Petrópolis, onde passei os seis meses mais intensos da minha vida.

Mas nada disso importou para quem datilografou minha cédula de identidade décadas atrás, que ainda decidiu que eu tinha nascido um dia antes do que diz minha certidão de nascimento. Ou seja, a pessoa errou duas vezes no mesmo documento, simplesmente porque assim quis.

A vantagem dessa situação era que, na época em que o caixa eletrônico do banco perguntava o dia do meu nascimento antes de liberar alguma operação, nem quem sabia minha data certa poderia tirar dinheiro ou fazer uma transferência da minha fortuna no meu lugar. Outro benefício foi poder começar a consumir bebida alcoólica legalmente um dia antes do previsto.

Depois de mais de 20 anos tendo problemas no banco, na Receita Federal e nos tribunais eleitorais, só consegui ter um documento com dados corretos quando decidi emitir um legítimo RG em São Paulo, onde as chances de erro seriam menores, e assim assumir minha cidadania paulistana, confirmada pela transferência do título de eleitor.

Claro que eu poderia ter resolvido isso anos atrás e pedido a correção no Rio, mas, como as diferenças eram pequenas, posterguei enquanto pude, como um bom carioca, ao menos de alma.

É *féishta!*

No Rio, como tudo já é festa e o carioca considera que a decoração está sempre pronta, basta criar uma página nas redes sociais, dizendo que vai ter um show no Arpoador, um bloco fora de época na Lapa, no Aterro ou na Gamboa, que o evento se autorrealizará quase por combustão espontânea.

Os vendedores ambulantes tomarão conhecimento e fornecerão bebida, comida e outros complementos para o seu entretenimento. Palco, sistema de som, banheiros públicos e serviço de segurança são coisas de paulistano carente, e o carioca e sua prefeitura prezam pela autossuficiência do ser humano.

A mesma informalidade na organização carioca vale se for uma festa em casa. Basta comprar umas cervejas e colocar para gelar em cima da hora. Ou, então, é só levar umas bebidas para a praia à noite, ligar uma música, que está feito. E todos ficarão felizes, tirando e postando suas fotos com os celulares para dizer que foram e que foi épico. Às vezes, terá sido mesmo.

Garçom carioca

Se você quiser ser tratado como um rei no Rio, aprenda o nome do garçom assim que chegar ao bar ou restaurante e passe a só chamá-lo assim. Tenha isso como seu primeiro ato de governo ao chegar a qualquer bar. Uma primeira abordagem com um "amigo" ajuda, mas mantê-la a noite inteira não garante aquela saideira de graça, ou que ele se esqueça de anotar uns seis chopes que você pediu. Você deve ter em mente que o atendente (acha que) está sempre te fazendo um favor, pois poderia estar na praia.

Quando terminar de escolher, não se esqueça de pedir um "no capricho", como se isso fosse garantir algum tempero especial ou uma quantidade extra do que você tenha solicitado. Se quiser mesmo parecer carioca, brinde a cada nova rodada de chope que chegar à mesa como se fosse a primeira da semana ou a última do dia.

Agora, se você que chega de fora do Rio decidir ignorar essas regras, será por sua conta e risco e provavelmente será atendido como um paulista na cidade. Ou seja, mal. Se depois você contar seus infortúnios a um carioca de raiz, ele vai jurar que foi você que deu azar. Talvez ele queira dizer implicitamente: "azar de não ter nascido no Rio".

Por que não existe padoca no Rio?

Uma vez fui com uns amigos paulistanos passar o Carnaval no Rio e quis aproveitar para desmentir a fama do péssimo atendimento na cidade. Nos cinco dias de folia, tentamos tomar café na padaria que ficava embaixo de onde estávamos hospedados.

Não teve um dia em que a suposta garçonete trouxesse o pedido correto. Chegou a trazer um PF de almoço (o prato comercial de São Paulo), perguntando se era nosso. No último dia, meus amigos estavam convencidos de que era melhor pedir para ela trazer simplesmente algo pra comer e alguma bebida ao gosto dela, para evitar frustrações e aborrecimentos.

Profissionalismo carioca

O carioca nasceu para o serviço público, e a recíproca é verdadeira. Um amigo do Rio, uma vez, estava procurando serviço de sinteco para seu apartamento novo, e decidiu ligar para um telefone que encontrou na internet. Quando o sujeito atendeu, o meu camarada se apresentou, ao que o prestador de serviço com quem ele falava pela primeira vez na vida prontamente respondeu: "pode deixar, seu Marcelo, até o fim da semana eu entrego o serviço!".

Ou seja, sem reconhecer quem estava ligando para ele, o sujeito já foi logo se explicando, mostrando quão forte é a questão da pontualidade na entrega do serviço. Não preciso nem dizer quanto meu amigo ficou bem impressionado e contratou o serviço.

Mas também não é verdade que o carioca não gosta de trabalhar. Ele só não gosta de saber que está fazendo isso. Peça para um trabalhador do Rio fazer algo que esteja na descrição da função dele e você terá uma resposta negativa ou nula. Agora, peça para esse operário fazer exatamente a mesma atividade, mas diga que ele está lhe fazendo um enorme favor, "quebrando um galhão". Ele fará o trabalho com a eficiência que um paulistano jamais desempenhou.

No Rio, o atendimento é personalizado, com o uso dos vocativos "ei", "ô", "aí" e "ó", dependendo do caso, e o mais respeitoso de todos: "aí, ó", sempre com pelo menos uma exclamação. É o equivalente ao "vossa senhoria" em São Paulo. O lojista carioca se ofende quando você pede a nota fiscal, como se você estivesse chamando-o de desonesto e sonegador, veja só, mas dá desconto se a compra for em dinheiro e sem o devido registro.

Des(cons)truindo a gastronomia carioca-paulistana

Embora muitos cariocas ainda gostem de dizer que a cozinha do Rio é melhor do que a de São Paulo, está aí outro item em que São Paulo bate o Rio com uma grande vantagem: 78% dos entrevistados para este livro dizem que se come melhor na capital paulista do que na fluminense, defendida por apenas 2%, curiosamente metade deles cariocas. Apenas dois paulistanos concordaram, já que 85% deles consideram a *lasanha da nonna* imbatível.

Um dado interessante a favor do Rio é que é possível se acostumar com a culinária carioca, ou até passar a gostar dela com o tempo: entre os paulistanos que moram na cidade, 32% julgam Rio e São Paulo igualmente apetitosas, enquanto o percentual dos que acham a culinária paulistana insuperável cai para 68%, ainda com larga vantagem.

Talvez esteja aí o motivo para muitos cariocas se mudarem para São Paulo e não pensarem em voltar para o Rio: em geral, 75% dos cariocas consideram São Paulo melhor para comer (opa!), mas esse percentual dispara para 88% quando considerados apenas os que falam chiado na Paulista "de fim de semana", contra apenas um carioca que prefere continuar comendo *bishcoito*.

Caso ainda não tenha ficado claro, este livro não é um guia turístico, muito menos de restaurantes, de Rio e de São Paulo, mas, como as duas cidades são muito orgulhosas de suas tradições gastronômicas, são descritos a seguir alguns motivos para isso.

Biscoitos Globo

Base da alimentação na praia, os biscoitos podem ser encontrados nas versões doce e salgada. São as famosas roscas de polvilho, usualmente ingeridas junto com o mate tirado diretamente do latão, ambos comercializados por vendedores ambulantes que caminham pelas areias escaldantes cariocas. Não engorda, já que, depois de mordido, o farelo fica todo na sua roupa.

Há quem diga que é a própria areia que proporciona seu aspecto crocante. Realmente, saborear aquelas roscas cor de areia olhando para o cenário em volta torna impossível não fazer a associação de ideias. E boa parte da graça de comer a iguaria está em fazê-lo na praia. São prova ainda do espírito de boa convivência do carioca, já que a fábrica das roscas que viraram celebridade nada tem a ver com as organizações donas do bonequinho que inspirou a marca.

O produto foi criado em São Paulo nos anos 1950 por três irmãos (Milton, Jaime e João Ponce Fernandes), na padaria de um tio, no Ipiranga, após a separação dos pais. O produto chegou ao Rio em 1955, levado pela família para vendê-lo durante o 36º Congresso Eucarístico Internacional, no Aterro do Flamengo, ainda em obras na ocasião. Após o evento, os irmãos decidiram transferir suas operações para a Padaria Globo (daí o nome), na Rua São Clemente, em Botafogo. Com o sucesso das roscas, em 1963 fundaram a Panificação Mandarino Ltda., em sociedade com o padeiro português Francisco Torrão, sediada até hoje na Rua do Senado, no Rio.

Portanto, podemos dizer que a história dos biscoitos Globo é uma demonstração de como Rio e São Paulo sempre se encontram e influenciam um ao outro muito mais do que alguns de seus habitantes gostariam de admitir. É uma ligação de raiz (a mandioca, no caso, rá, rá, rá).

Calabresa x toscana

Uma grande revelação que os cariocas têm quando chegam a São Paulo, depois de passarem a vida ouvindo que a pizza da cidade rival é a melhor do mundo, é descobrir que a pizza de calabresa em São Paulo é de... calabresa! No Rio, qualquer coisa, para ser chamada de pizza, leva (muito) queijo gorduroso por princípio (além de ketchup).

Portanto, amigo carioca, se quiser comer em São Paulo a pizza que você conhece como calabresa, peça uma "toscana". E, amigo paulistano, se você pedir uma "calabresa" no Rio, saiba que ela virá com muçarela e não haverá nada que você possa fazer a respeito. Mas, sinceramente, a não ser que seja um caso emergencial, você não vai querer pedir uma pizza no Rio se você veio de São Paulo.

Cardápio

Em São Paulo, até os pratos têm dia certo na semana para serem oferecidos nos restaurantes por quilo. Tem também os pratos "comerciais" servidos para os trabalhadores.

Segunda-feira é dia do clássico virado à paulista, que mistura feijão, farofa, linguiça, ovo, couve, torresmo e costela de porco. Na terça tem bife à rolê, quarta é dia de feijoada, quinta é de alguma massa tipo macarrão e, na sexta, servem algum peixe frito. Sábado é dia de feijoada novamente, só que aí acompanhada de cerveja, samba e amigos.

O Rio é menos rígido na organização dos cardápios – a única certeza é que sexta e sábado são dias de feijoada. Afinal, é um prato que fica muito melhor quando guardado para o dia seguinte, e ninguém mora numa cidade com praia para ter que cozinhar o mesmo prato duas vezes na semana. Nem para pensar em trabalhar direito após o almoço do último dia útil da semana, com o metabolismo tendo que dar conta de uma iguaria leve assim.

Chope x espuma

Carioca, esqueça. Em São Paulo só tem chope "cremoso". Um dia ainda tomo coragem e peço o meu com cobertura de chocolate e castanhas. Ah, e o garçom em São Paulo fica irritado se você pede o sagrado líquido com menos da metade do copo de espuma. Fica irritado também se você não aceita os chopes que ele muito gentilmente vai colocando na sua mesa sem você pedir, antes mesmo que o que você está bebendo chegue a menos da metade do copo. É tipo um rodízio, só que você paga por copo servido.

Churras

Uma das adaptações mais difíceis para o carioca que chega a São Paulo acontece quando ele é convidado para um "churras". É lá que o cidadão percebe que só ele está com roupa de praia (afinal, roupa de banho não existe, já que ninguém se veste para se ensaboar) para dar aquele mergulho na piscina, bêbado, com uma lata de cerveja quente na mão.

Detalhe: churrasco em São Paulo é com pão, vinagrete e, no máximo, uma farofa industrializada, daquelas vendidas em supermercado, para acompanhar a carne. Não espere aquela fartura de acompanhamentos que as famílias fazem nos encontros de fim de semana no subúrbio do Rio, com arroz e farofa feita no dia.

Certamente, o paulistano que for convidado para um "churrashco" no Rio também vai se espantar com a quantidade de gente do trabalho que ele vai ter que ver de sunga e biquíni sem ter sido solicitado. Ah, e vai ter que comer a salada de maionese que a tia do anfitrião fez.

Churrasco grego

O item anterior não deve ser confundido com o "churrasco grego", sanduíche (digo "lanche") barato servido nas lanchonetes e botecos de apenas uma porta nas ruas do centro. O churrasco grego é um amontoado de carnes empilhadas, rodando num espeto giratório vertical com tempero à base de cebola, fatiadas na hora e servidas dentro de um pão, em menos de 30 segundos, com o sempre presente molho vinagrete, mas que uma amiga minha jura que não é "de comer".

Assim como o arroz à grega e o iogurte grego, o churrasco grego não foi inventado e nem é vendido na Grécia, ao menos não com esse nome, que mais se explica por ser outro prato de composição e origem confusas que ninguém entende no Brasil. Afinal, sejamos honestos, para a maioria dos brasileiros, Grécia e Turquia são tudo a mesma coisa.

Muita gente que faz cara feia para a iguaria come a mesma coisa quando chamam de "kebab" em algum bar hipster de São Paulo ou no exterior, mas aí sem o combo que inclui um refresco estilo

Tang ou Ki-Suco nos sabores roxo natural, amarelo aceso, laranja radioativo ou vermelho Pantone 485.

Dogão

Seria injusto traduzir apenas como cachorro-quente esse aumentativo reabrasileirado de *hot dog*, já que comer um desses em São Paulo é um evento. Além de serem servidos em lanchonetes sofisticadas, mesmo nas carrocinhas mais simples é possível acrescentar "catupiri" (entre aspas e sem "y") ou dar uma demão de cheddar, ambos com o mesmo gosto, batata palha, milho, purê (jamais "pirê") e, por fim, queijo ralado.

Depois disso tudo, se o lugar for tradicional mesmo, será possível pedir para seu lanche vir prensado, o que significa torrar o pão recheado dos demais ingredientes que transbordaram, fazendo do purê uma argamassa, dando ao queijo ralado um efeito selante de gratinado que lacra tudo do lado de dentro e facilita sua vida na hora de comer.

Esse ritual todo permite aos cariocas fazerem eternas piadas com a sofisticação gastronômica paulistana, mas como alguém pode falar mal disso? Só pode ser um magro maldito.

Carioca que acha a mistura exótica nunca comeu um podrão na porta do Maracanã (ou na Central do Brasil). Um dos prováveis motivos para o uso do apelido é que é muito mais fácil falar o plural de dogão do que cachorroS-quenteS, se você for pedir mais de um. Basta falar "dois dogão".

Feijão

O primeiro choque cultural gastronômico do carioca quando chega a São Paulo (depois de descobrir que o paulistano realmente vai a um compromisso quando diz que vai) é descobrir que o feijão do dia a dia é marrom e não preto, com o qual os cariocas estão acostumados.

E o mais curioso é que o feijão marrom é chamado de carioca ou carioquinha, embora seja difícil de ser encontrado no Rio. Em São Paulo, o feijão preto é exclusividade das feijoadas.

Gourmetização

Há indícios sérios de que a onda de passar a chamar qualquer prato banal de gourmet, para poder cobrar a mais por ele, começou em São Paulo. O fato é que hoje, em praticamente qualquer cidade do país, é possível comer coxinha gourmet, bolovo gourmet, hambúrguer gourmet, e até arroz com feijão gourmet, e encerrar a refeição com um delicioso café gourmet.

Em geral, o sobrenome é justificado por algum detalhe besta que em nada altera o sabor ou a textura do que está sendo comido. Na dúvida, fale que você enfiou uma trufa no negócio, que vai vender feito água. Gourmet, claro.

Nem as festas infantis foram poupadas: é possível consumir sorvete gourmet, brigadeiro gourmet, pipoca gourmet ou churros gourmet. E é claro que existem lugares adequados para consumir todas essas iguarias. São os *food trucks*, as hamburguerias, brigaderias, doguerias, champanherias, drinkerias, esfiharias, doçarias, salgaderias, gelaterias, paleterias, panerias (ou ainda panetterias), todas logicamente gourmet e com brinquedarias, revistarias e frutarias anexas.

Groselha ou Listerine?

Embora seja uma tradição que tenha ficado lá nos anos 1990, alguns bares mais antigos de São Paulo ainda servem o chope verde ou rosado, sob insistência do eventual cliente saudosista (e todo bêbado é saudosista e insistente). Sim, a mesma cidade que deu nome e fama a inúmeros chefs famosos tem um passado em que servia chope com licor de menta ou com xarope de groselha.

Como São Paulo é uma cidade do mundo, cosmopolita, o chope verde hoje é relembrado no St. Patrick's Day, em 17 de março, mas, no caso, é usado apenas um corante, sem sabor, e a cerveja só muda de cor, não de gosto (tradição de gosto também bastante duvidoso), embora cariocas mais implicantes tenham o hábito de dizer que é chope com enxaguante bucal.

Mate com limão

Pronuncia-se como uma palavra só: "limãoematchiiieee". Combinação perfeita para beber na praia e acompanhar seu pacote de biscoitos

Globo, aquela empada *delivery*, o sanduíche natural com molho à base de iogurte ou o queijo coalho na brasa coberto com orégano. Não, não coma aquele camarão no espeto que está circulando há uma semana no mesmo tabuleiro (fôrma, se você estiver vindo de São Paulo).

Quem vem de fora do Rio só entende a paixão do carioca pelo doce líquido depois que pede a mistura num "copão metade limão, metade mate" de um dos vendedores que circulam sob o sol escaldante carregando os dois galões pendurados.

Mas atenção: só vale o que é servido diretamente do barril de metal que os ambulantes carregam pelas areias, e não o que vem em copos industrializados que podem ser comprados em qualquer supermercado do Rio. Não ligue para as bobagens que o pessoal fala sobre a higiene dos latões ou da água utilizada. Sol e água do mar curam tudo.

Milho cozido

Outro dos grandes choques culturais pelos quais passam tanto o carioca que se muda para São Paulo quanto o paulistano que se transfere para o Rio é descobrir que hábitos simples, como consumir comida de rua, podem ser executados de formas tão diferentes.

Porque, em São Paulo, até comer milho cozido é um ato sofisticado: o vendedor debulha os grãos num pratinho de plástico já com manteiga, para o ilustre cliente não passar por aquela vergonha de enfiar a espiga na cara, sujar o rosto de gordura e deixar pedaços de sabugo e restos de milho presos nos dentes.

Que outra cidade do Brasil tem vendedor ambulante de yakisoba? E batata frita (na verdade, batatinha, em paulistanês)? Tá, outras cidades devem oferecer, até porque em São Paulo mesmo está cada vez mais difícil ver carrocinha de comida pela rua, a não ser que atendam pelo apelido chique de *food truck*.

Padoca x casa de sucos ou mate

O paulistano leva tudo tão a sério que as padarias, depois de virarem local de café da manhã, transformaram-se em verdadeiros restaurantes, com bufês a preço único (eu não disse baratos), dos quais você só sai rolando. O sucesso é tamanho que muitas, como Dona Deôla e Letícia, têm lojas em diversos bairros, à semelhança do que ocorre com os bares do Rio. Afinal, cada cidade sabe das suas prioridades.

No lugar da paulistana padoca, o carioca prefere a casa de sucos. Tem uma em cada esquina, onde, invariavelmente, você poderá comer um "joelho", salgado massudo recheado com queijo e presunto (eu nunca disse que carioca come bem), talvez com ketchup.

Para parecer que você é local, não se esqueça de pedir para o suco vir sem açúcar porque todo mundo no Rio está sempre cuidando da saúde, o que, aliás, é contraditório com o padrão da própria cidade de servir bebidas já (muito) adoçadas.

Outra opção carioca é a casa de mate, onde o sujeito pode se sentir mais perto da praia, tomando um mate com limão e comendo algum salgado ou pão de queijo, o que apenas lhe parece mais saudável e adequado à sua preocupação com a saúde e com o físico.

Pastel de feira

Essa é outra instituição sagrada para os paulistanos, no caso equivalente aos biscoitos Globo dos cariocas na praia (o caldo de cana – ou garapa – seria o mate do latão, que também é vendido por outro comerciante ao lado, e ambos ficam ainda melhores se misturados com limonada. No caso de São Paulo, ainda é possível acrescentar suco de abacaxi e pagar tudo junto, estilo combo).

Por isso, arrisco dizer que a barraca de pastel é a verdadeira praia do paulistano, e também porque é democraticamente frequentada por indivíduos de todas as classes sociais, qualquer que seja o dia da semana da feira livre do bairro em que a barraca estiver instalada.

Apesar do título, o pastel de feira de São Paulo também é vendido em pequenos comércios e nos mercados municipais da cidade (sim, há mais de um, além do mais conhecido, do centro, onde o sabor de bacalhau é o mais famoso, junto com o sanduíche, digo, lanche de mortadela gigante), na Ceagesp (a Ceasa de São Paulo) ou em feirinhas de antiguidades, como a da Benedito Calixto e a do Bixiga. Bem, não deixam de ser feiras.

A iguaria é um dos poucos heróis da resistência contra o processo de gourmetização da gastronomia paulistana. Até a publicação deste livro, pelo menos. Deve ser saboreado com a adição de vinagrete e/ou molho de pimenta, produzidos artesanalmente pela própria equipe que faz e frita os pastéis.

A diversidade de sabores é reveladora da criatividade e do empreendedorismo desse povo, pois sai dos tradicionais queijo e carne, passa pelos de bacalhau, pizza, bauru, frango, frango com catupiry, banana, doce de leite, além do misterioso especial, que ninguém sabe direito o que tem dentro. Ou prefere não saber. Esse é o único caso em que a resposta do que significa o sabor pode variar de barraca para barraca. Em geral, o especial é maior do que os pastéis tradicionais e mistura simultaneamente diversos sabores, como carne, presunto e queijo. E fatias de ovo cozido.

Agora, se você não gostar de nenhum dos recheios, ainda poderá levar para casa um saco cheio de pequenos pastéis fritos sem nada dentro, para comer como petisco (chupa, Baconzitos). Só poderá ser considerado pastel de feira tipicamente paulistano se a barraca tiver uma dona, de preferência de ascendência nipônica, gritando estridentemente "bom-diaaa" para chamar a clientela, e uma praça de alimentação ao lado, com mesas de boteco e cadeiras de plástico. E se oferecer de graça uma empreendedora promoção de fidelidade de levar o quinto pastel ou um saquinho de minipastéis para sujar o carro.

O pequeno paulistano é treinado desde cedo para conseguir aplicar o molho vinagrete dentro do pastel sem espalhar legumes pelo chão. No entanto, assim como ocorre com os biscoitos Globo no Rio, a graça de comer pastel na feira em São Paulo está em sujar o corpo todo na hora de comer. Como mais da metade da iguaria cai na sua roupa na forma de farelo, também não engorda.

Pipoca rosa x marrom

A pipoca doce também usa roupas e sotaques diferentes entre as cidades: rosa (à base de xarope de groselha) em São Paulo e marrom (à base de achocolatado, ou melhor, Nescau) no Rio, sempre com bastante leite condensado por cima. Aliás, chega a ser surpreendente o sucesso da gastronomia paulistana tendo a groselha como uma de suas bases fundamentais.

Algumas salas de cinema de São Paulo passaram a oferecer a

iguaria em versão amarronzada nos últimos anos, mas ela é feita à base de açúcar queimado, que não tem o mesmo sabor nem o mesmo charme do achocolatado. E se um dia os paulistanos passarem a acrescentar achocolatado na receita, dirão que é Toddy.

Tudo isso, claro, antes do advento das pipocas gourmet, em sabores como lemon pepper, sweet & salt, trufa branca, caramelo, flor de sal e pecan. Aliás, pipoca, não, *popcorn*.

Pizza x ketchup

Existem três coisas na vida que são boas mesmo quando são ruins: sexo, férias e pizza em São Paulo. Na capital paulista, até a pizzaria de portinha – aquelas de bairro que só fazem entregas, ou melhor, *delivery*, que não têm nem lugar para o cliente comer – faz pizza boa. E são muitas espalhadas pela cidade.

Só não tente encontrar ou pedir a iguaria no horário de almoço. É o limite da transgressão em São Paulo. Você será considerado um herege, quiçá um criminoso, e talvez seja deportado de volta para sua cidade. E também não vai encontrar nenhuma pizzaria de verdade aberta durante o dia.

Os paulistanos não ficariam tão horrorizados com o hábito carioca de colocar ketchup na pizza se conhecessem a qualidade média da pizza tradicionalmente servida no Rio, onde a iguaria entregue por redes estrangeiras é considerada uma das melhores da cidade. Justamente a pizza que é renegada em São Paulo pelos mais tradicionalistas.

A pizza clássica carioca é um bloco de queijo sobre um pão massudo, pingando gordura, que pede e aceita qualquer coisa em cima para torná-la mais palatável.

Aliás, cabe aqui uma denúncia: apesar da implicância paulistana, é sempre bom lembrar que, excetuando o caso da pizza, os paulistanos usam o industrializado molho adocicado de tomate sobre qualquer salgado gordurento, especialmente se adquirido em botecos, usando a mesma lógica dos cariocas.

Podrão

Cachorro-quente, mas não qualquer cachorro-quente. Trata-se de um tipo bem específico, que carrega toda sorte (ou azar) de recheios além da salsicha, que variam de batata palha a queijo ralado, milho, ervilha, podendo chegar a azeitona e a ovos de codorna, vendido por carrocinhas em condições de higiene que devem permanecer em segredo, assim como o prazo de validade dos ingredientes jamais deve ser questionado.

Mas, mesmo assim, o carioca acha um absurdo o paulistano colocar purê de batata na receita. A iguaria é típica de portas de estádios, casas de shows e faculdades. Em situações de maior requinte, é possível trocar a tradicional salsicha por linguiça de porco.

Sanduíche x lanche

Pedir um sanduíche em São Paulo é um desafio. Primeiro, porque não é sanduíche, é lanche. E, ainda assim, são quase infinitas as categorias e seções possíveis num mesmo cardápio: bauru, beirute, tostex, hambúrguer, baguete, cachorro-quente (*hot dog*, na verdade) ou até mesmo, veja você, sanduíche. Isso sem contar os nomes mais afetados e decorrentes de modismos, como os *kebabs, wraps, tramezzini* e *club sandwiches*. São tantas opções que você vai acabar pedindo um X-salada mesmo.

Saudosismo

A culinária e o atendimento do Rio podem não ser nenhum primor na comparação com a gastronomia paulistana, mas é o cidadão carioca, quando mora fora e chega de visita à cidade, que vai correndo comer a esfiha da Galeria Menescal ou do Largo do Machado, a empada do Jobi, o bolinho de aipim com camarão do Bracarense, o bolinho de arroz do Bar do Momo, o pastel do Adão, o risoto de camarão do Belmonte (que jamais seria considerado risotto com dois "tês" em São Paulo, já que usa arroz comum, onde já se viu?), a sardinha do Beco das Sardinhas, no centro, os croquetes da renomeada Pavelka, ou qualquer outra iguaria do seu boteco preferido, como se não houvesse nada comparável no lugar em que ele está vivendo atualmente. E, muitas vezes, não há mesmo. Vai entender.

Vinagrete x molho à campanha

Molho igual ao à campanha do resto do país, à base de cebola, tomate, vinagre, pimentão, cheiro-verde e azeite, com acréscimo de bastante repolho para render mais na versão que é servida como acessório fundamental do pastel de feira.

O charme especial fica por conta do saquinho em que o molho é embalado, se você pedir a iguaria para viagem. Também acompanha churrasco e feijoada na cidade, quase como se fosse a cota de salada da refeição.

No Rio, o semelhante ao vinagrete é conhecido como "molho à campanha", igualmente à base de cebola, tomate, azeite e vinagre, mas sem o repolho, e é servido apenas em churrascarias. Também chamado de "molho acompanha" pelos menos atentos, possivelmente porque serve de acompanhamento para carnes e até para outros acompanhamentos.

Virado à paulista

Prato leve à base de feijão, farofa, linguiça, ovo, couve, torresmo e costela de porco, muito parecido com feijoada, sem o caldo de feijão, servido às segundas-feiras na hora do almoço para dar aquele gás e energia para o resto da semana.

Conta-se que o nome e o prato surgiram dos farnéis que os bandeirantes levavam para suas expedições e chacoalhavam todos os ingredientes, misturando tudo.

Quem já levou marmita para o trabalho no transporte público consegue visualizar bem o resultado. Mas, como paulistano gosta de tudo organizadinho, hoje os itens são bem arrumados no prato, separados o suficiente para a iguaria ser servida também em restaurantes chiques.

Glossário da cozinha contemporânea

Você quer pedir um filé com fritas, mas eles só têm "bife noix com lâminas de tubérculo". E ainda tem o risco de você pedir (e pagar por) uma espuma ou nuvem de qualquer coisa, crente que está abafando, para acabar comendo um cretino purê de batata.

Se há uma coisa que Rio e São Paulo têm em comum é o prazer de pagar caro por coisas simples. E nada é mais representativo disso do que a dita "cozinha contemporânea", que rebatiza alguns pratos tradicionais ou outras bobagens só para poder cobrar uma fortuna para vender uma metáfora. Talvez isso tudo tenha começado quando passamos a chamar culinária de gastronomia.

Seus problemas acabaram! Segue aqui um breve glossário que pode ajudá-lo a não passar fome no último restaurante-destaque da *Vejinha* ou da *Veja Rio.*

Au citron: meio limão no meio do prato

Au gratin: gratinado

Bife noix: contrafilé

Bistrô: restaurante pequeno

Brochete: espetinho

Brunoise: alguma coisa picada

Bruschetta: torrada com alguma coisa em cima

Buquê: cheiro

Cabocha: abóbora

Cama de salada verde: alface

Carpaccio: fatias finas de qualquer coisa

Confit: pururuca

Consomê: sopa/creme em miniatura

Creme de cacau: chocolate derretido

Croque: misto quente

Crosta: empanado/caramelado

Crostini de milho: polenta frita

Crostini de pancetta: torrada com bacon

Crostini de provolone: pão com queijo

Crumble: torta

Crust: empanado

Cupcake: bolo inglês com creme colorido em cima

Duo de frutas: duas frutas (pedaços delas, na verdade)

Duo de legumes: dois legumes (idem)

Emulsão de mandioquinha: purê de mandioquinha/batata-baroa

Espuma: suflê

Espuma de funghi: suflê de cogumelo

Fondant: glacê

Fondant de doce de leite: doce de leite

Frango orgânico: galinha caipira

Fricassê: frango com requeijão

Galette: bolo

Ganache: mousse

Grilled cheese: queijo quente

Harmonizar: combinar (vulgo acompanhamento)

Julienne: fatiado

La croûte: empanado

Lâmina de batata: batata frita

Lascas: qualquer coisa fatiada

Leito: qualquer coisa no fundo do prato

Limão-siciliano: limão

Molho agridoce: ketchup

Molho de cacau: chocolate

Mousseline: purê

Nota: gosto (do vinho)

Ovo mollet: bolovo de ovo mole

Panaché de frutas: pedaços de frutas

Panaché de legumes: legumes cozidos

Pancetta: bacon

Polenta de colher: angu

Qualquer coisa de cacau: chocolate

Quiche: empadão

Ragu: bolonhesa

Ratatouille: igual ao panaché, na frigideira

Redução: molho grosso

Redução de cacau: chocolate

Reduzido: engrossado

Retrogosto: impossível não lembrar de refluxo, não?

Selado: grelhado

Sopa de frutas: compota

Sorbet: é sorvete mesmo

Swiss cheese: queijo minas

Tartar: picadinho

Tarte: é torta mesmo

Tartelette: torta pequena

Telha: qualquer coisa fina e dura por cima da comida de fato

Terrine: fatia de patê

Tom: gosto (do vinho)

Tom amadeirado: só quem já comeu compensado pode dizer

Tortilla: omelete

Trufa: fungo

Vou de busão, cê sabe...

No Rio, ônibus não se pega, se conquista. É preciso demonstrar vontade para pegar o transporte coletivo, sair correndo atrás quando ele chega ao ponto (porque, obviamente, ele vai parar a uns 30 metros de distância do local regulamentar). Do contrário, o motorista se sentirá desprezado ao te ver apenas andando em direção ao veículo e irá embora.

Em meio a essa relação tão passional, o passageiro carioca muitas vezes precisa ameaçar suicídio para garantir a sua locomoção: se joga no meio da rua, na frente do ônibus. Todo carioca que se preza já tomou algumas vezes na vida uma volta do motorista que passou longe do ponto, aproveitando os outros veículos parados.

Se o paulistano acha o transporte público da sua cidade ruim, é porque não conheceu o do Rio. Segundo a pesquisa feita para este livro, 55% das pessoas entrevistadas consideram São Paulo melhor nesse quesito, contra apenas 6% que votaram no Rio e 21% que consideram ambos igualmente ruins. Aproximadamente 7% das pessoas nunca entraram num ônibus na vida em nenhuma das duas cidades, já que consideram o meio de transporte igualmente bom no Rio e em São Paulo. Os 11% restantes foram mais honestos em assumir que só andam de carro ou nunca visitaram qualquer uma das cidades, por isso se consideraram incapazes de julgar.

Em São Paulo, usar o transporte público é praticamente um ato heróico, coisa de hipster ou de quem quer tirar onda de europeu. Assim como ocorre com quem dirige, o caminho de volta nunca é tão simples. Não adianta achar que é só pegar o ônibus voltando, porque o trajeto de volta dele não terá nada a ver com o de ida, e você provavelmente precisará camelar uns três quilômetros até o terminal de ônibus mais próximo.

Aí, todo mundo acha um absurdo, depois de ver o engarrafamento de São Paulo na TV. O paulistano – humilhado diariamente para usar o coletivo apertado – ter como primeira meta de vida a compra do carro (e como segunda a compra do segundo carro, para fugir do rodízio). Só depois vêm a televisão e a geladeira, nessa ordem.

Buzina de ônibus

Nada dá mais inveja ao motorista de ônibus carioca do que a presença da buzina no veículo de trabalho de seus colegas paulistanos. Dá para imaginar a incidência de surdez na população carioca caso os trabalhadores do transporte público tivessem acesso a essa peça, desabilitada de fábrica nos veículos de transporte de massa do Rio pelo raro bom senso de alguém. Também dá para imaginar quantas embreagens seriam poupadas pelo mesmo motivo, já que são usadas como substitutas sonoras do acessório.

Cobrador

O passageiro carioca deve estar preparado para não se assustar em São Paulo quando o cobrador lhe der "bom-dia" ou retribuir o seu cumprimento. Diferente do Rio, também em São Paulo é comum encontrar o cobrador do ônibus lendo um livro. Até porque parece que ele é pago para isso, depois que implantaram as catracas eletrônicas e o Bilhete Único.

No Rio, se você resolver pagar com dinheiro, o trocador invariavelmente vai esperar você levar um tranco da catraca (roleta) para liberar sua passagem, mesmo que você tenha pago com o valor exato. E ele passará o trajeto todo reclamando do tempo de viagem, do clima, do trânsito, da nota alta (de R$ 20 ou R$ 10) que algum passageiro lhe deu.

Além disso, vai descer para pegar lanche no meio da viagem para ele e para o motorista, de preferência na lanchonete menos *fast* para vender *food* que existir, pois ele também é filho de Deus e merece comer bem. E não vai gostar quando você, passageiro, reclamar de dez minutos esperando no coletivo parado. Agora, se você quiser que ele nem confira o valor que você deu, encha-o de moedas. Ele dificilmente vai parar para conferir.

Deixe a esquerda livre

A redemocratização nunca termina. Apesar de o paulistano típico não andar de ônibus, o vivente de São Paulo que faz uso desse confortável meio de transporte coletivo demonstra toda sua ansiedade ao ficar parado em pé na porta de saída durante toda a viagem, de preferência com uma mochila grande nas costas, uma criança a tiracolo e uma sacola cheia na mão, mesmo que ele só vá descer no ponto final.

É o passageiro conhecido como "totem" ou "rolha", também disponível no Rio e na versão escada rolante do metrô. Justiça seja feita, o paulistano, mais dado à disciplina, já incorporou o hábito de ficar parado à direita nessas ocasiões.

Bem, pelo menos em São Paulo tem um adesivo nas escadas rolantes do metrô pedindo "deixe a esquerda livre", sem que isso tenha qualquer conotação política. Mesmo assim, tem quem demore a entender a recomendação. Para esses, sempre há alguém para vir correndo e avisar "olha a esquerda aí!", possivelmente um carioca estressado morador de São Paulo.

Na verdade, em São Paulo são grandes as chances de as duas filas da escada ou da esteira rolante estarem andando. Para o carioca, não faz sentido andar na escada se ela já é rolante. As prefeituras do Rio e de São Paulo deveriam inaugurar o Monumento ao Cidadão Idiota para essas pessoas. Logicamente, ficaria parado na frente da catraca (roleta. no Rio) do ônibus ou do trem.

Aliás, quando desembarcar na estação Consolação do metrô, não perca a oportunidade de subir correndo a escadaria fixa que vai para a Paulista, no melhor estilo Rocky Balboa. Eu recomendo.

DJ de busão

Se existem semelhanças entre as grandes cidades brasileiras, elas certamente estão nos defeitos. E um ótimo exemplo disso é o sujeito que coloca um som no mais alto volume porque acha que tem que compartilhar com todo mundo no transporte público.

A única diferença é que, no Rio, ele fatalmente estará ouvindo um *funk* de qualidade duvidosa, enquanto que em São Paulo estará tocando um *rap* de nível tão alto quanto. As grandes dúvidas sobre esse tipo de passageiro são: por que ele nunca está ouvindo um Chico Buarque, um Tom Jobim, e por que ele nunca está usando um fone de ouvido?

Higiene no busão
Quem frequenta o transporte público do Rio já viu um dia uma barata andando pelo ônibus ou embarcando no trem da Central. Em São Paulo, não cabe.

Janela no busão?
A prova de que paulistano não sente calor ou que não liga para essa coisa de respirar é que os ônibus só têm janelas da metade para cima, nunca ao nível dos passageiros sentados, e sempre em locais de difícil manuseio (atrás de uma barra de ferro, por exemplo). Tão bem pensadas quanto as escadas projetadas no meio dos veículos que, dizem, são acessíveis.

Deve ser uma medida justamente pensando na saúde do passageiro, para evitar que ele inale a fumaça dos demais ônibus da via, cujos canos de descarga ficam na mesma altura. Talvez por isso mesmo as pessoas nem se preocupem em abri-las.

No Rio, os ônibus sem ar-condicionado têm janela embaixo e em cima. E, ainda assim, morre-se de calor.

Motorista de ônibus carioca
No Rio, os ônibus vêm equipados com apenas duas velocidades: 10 km/h, se você estiver com pressa, e 180 km/h se ele estiver passando pelo Aterro. Além disso, o "piloto" faz serviços personalizados: basta fazer sinal em qualquer lugar da rua que ele para. O mesmo vale na hora de descer do veículo. O motorista de ônibus carioca divide as ruas entre as suas faixas e as pistas de manobra, onde os demais veículos trafegam.

Uma demonstração da perícia do motorista carioca é o fato de o ônibus urbano da cidade ter a suspensão mais alta do que o ônibus comum, justamente para o carro que está atrás engavetar perfeitamente quando o coletivo frear bruscamente. Afinal, ônibus carioca não vem com seta, vem com "foda-se", acionado apenas quando o veículo já entrou na sua frente.

Motorista de ônibus paulistano

Em São Paulo, nem adianta pedir (e paulistano mesmo nem pede) para o motorista abrir a porta fora do ponto, esteja você dentro ou fora do coletivo. Como se fizesse uma grande diferença, pois o ônibus certamente já está parado no engarrafamento.

Mas o motorista de ônibus de São Paulo tem um prazer incrível em pequenas coisas que mostram o poder que ele tem, como só se aproximar do ponto quando este estiver completamente vazio, mesmo que exista espaço para quatro veículos.

O segundo maior barato do motorista de ônibus paulistano é partir com o veículo quando vê você chegando de longe, correndo, atropelando as pessoas e atravessando a rua no meio dos carros já que não sabe a hora em que ele vai passar de novo. A glória do carioca em São Paulo é conseguir convencer o motorista do ônibus a abrir a porta fora do ponto.

Ônibus biarticulado

Quem acha aqueles ônibus sanfonados coisa de Primeiro Mundo quando vê na TV as imagens de Curitiba ou de algum país civilizado, nunca andou no trânsito de São Paulo, nunca viu um deles quebrado, nem precisou pegar um desses modernos veículos ou nunca foi ultrapassado por um deles na capital paulista. Se estiver dirigindo, cuidado ao ultrapassá-los (ou ser ultrapassado, especialmente): você vai achar que é um trem passando ao seu lado, mas o condutor dele jura que está dirigindo uma moto.

Ônibus com ar-condicionado: onde estão em São Paulo?

Tinha chegado havia pouco tempo a São Paulo quando vi um ônibus bonitão com vidros escuros e aquela cobertura que serve para o aparelho de ar-condicionado, me dando certeza de que eu entraria num ambiente refrigerado, pois àquela altura eu já sabia que era mentira que não fazia calor em São Paulo.

Lembro poucas vezes na vida em que tive uma frustração tão grande quanto a que ocorreu ao entrar no veículo e ver que não havia climatização. Aliás, o clima dentro do veículo estava bem pesado porque estava lotado, mas nem assim as pessoas abriam as janelas.

É claro que, pela Lei de Murphy, os ônibus refrigerados começaram a ser implantados em São Paulo enquanto este livro estava sendo escrito e já deverão ter tomado conta da cidade quando ele for publicado. Por isso, me agradeçam.

Para onde migram no verão os ônibus refrigerados do Rio?

Já o Rio tem ônibus comuns climatizados a uma temperatura deliciosa (congelante) durante quase todo o ano, com exceção da época em que mais se precisa deles: nos dias de calor, quando eles simplesmente desaparecem ou circulam com a refrigeração defeituosa, mesmo assim com as janelas lacradas como se tudo estivesse funcionando perfeitamente.

A exceção é o tradicional "frescão", ônibus estilo executivo que circula pela cidade em linhas especiais (ligando centro, zona sul e Barra aos aeroportos e à rodoviária) com clima de montanha, como propaga a publicidade, e permite o uso do sotaque carioca em sua melhor expressão (pronuncia-se *freshcão*).

Passageiro carioca

Decidi ficar em São Paulo quando percebi que era um lugar onde pequenas atitudes tipicamente cariocas poderiam me transformar numa espécie de herói do cidadão comum. Descobri essa minha vocação para personagem da Marvel (ou da DC, ou da Disney mesmo) no exato momento em que notei quão rara é a solidariedade dos demais cidadãos desmotorizados com quem chega esbaforido no ponto de ônibus.

Quando um carioca vê alguém correndo esbaforido no meio da rua ou na calçada, se aproximando a toda velocidade que as pernas humanas permitem para pegar o veículo que está parado no ponto, ele poderá parar o que estiver fazendo para tentar segurar o ônibus a todo custo. Faz sinal, coloca o pé no degrau como se fosse subir ou, em último caso, soca a lataria, as janelas e a porta até que o motorista desista de ir embora.

O cidadão nascido no balneário fará isso tudo em parte por

solidariedade, mas também para exercitar seu jeitinho de conseguir alguma aparente vantagem, mesmo que esteja apenas passando pelo local ou esperando o coletivo. É andando de ônibus que o carioca aprende as primeiras lições de malandragem, como passar por baixo da roleta (catraca) quando está sem dinheiro.

Passageiro paulistano

O paulistano típico que está no ponto de ônibus quando você se aproxima correndo vai fingir que não te vê. Ou não vai te ver mesmo. Ainda que você seja uma senhora idosa de bengala. Nesse caso, o motorista esperará. E deixará a porta fechar na sua cara. As mesmas atitudes valem no relacionamento com elevadores nas duas cidades.

Mas não é por maldade: é uma mistura de timidez com o individualismo europeu do paulistano, que não te conhece e não sabe se você quer mesmo que ele segure o ônibus. Então, não vai se meter na sua vida. Fora que ele acredita mais na livre iniciativa, na seleção natural e que cada um deve vencer pelo seu próprio esforço: se o sujeito não estava no ponto de ônibus quando o transporte chegou, deve sofrer as consequências pelo seu ato.

Qual o ônibus que vai para...

No Rio, você tem medo de pedir informação na rua, pois não sabe com quem está falando. Em São Paulo, você deveria ter, porque, com certeza, receberá a informação errada. Invariavelmente vão responder: "eu não sou daqui". Afinal, ninguém é daqui de São Paulo, e sempre parece que as pessoas estão pegando ônibus pela primeira vez.

Enquanto o carioca é íntimo das linhas de ônibus, que as chama pelo número, o paulistano não sabe sequer o nome ou quais linhas passam naquele ponto. Primeiro, porque ele não pega ônibus. Depois, porque as linhas mudam de trajeto, horário e dia da semana em que circulam a todo o momento, sem avisar previamente. Ou seja, quando muito, a pessoa só decora o ponto do seu ônibus e, mesmo assim, com chances de erro.

Além disso, poucos ônibus circulam de madrugada e diversas linhas são interrompidas durante o fim de semana. O mais legal disso é que as que permanecem transitando nesses dias são operadas por funcionários que desconhecem completamente os respectivos trajetos, e é comum ver passageiros ensinando o caminho, como eu mesmo já tive que fazer algumas vezes.

Por fim, a lógica da numeração dos coletivos em São Paulo mereceria um livro à parte, e, mesmo assim, ninguém conseguiria entender.

Surpresa! Você vai ter que pagar a passagem!

Outro hábito típico no transporte público paulistano é a pessoa só lembrar que precisa pagar o ônibus quando está de cara com o cobrador. Só aí vai separar o bilhete único ou o dinheiro, que não deve estar trocado, claro, e deixar todos esperando na fila.

Já o passageiro carioca só descobre que ia descer depois que o ônibus está saindo do que seria o seu ponto de desembarque, e grita, sai correndo, e pede "piloto, dá uma abridinha aí, vai descer, ô!".

Trem e metrô

As diferenças no transporte público de Rio e São Paulo também caminham sobre trilhos. Enquanto o trem no Rio serve para ligar o subúrbio ao centro da cidade, e só a ele, sem passar da Central do Brasil, a malha ferroviária de São Paulo é mais democrática, com tantas cores para os nomes das linhas que atravessam a cidade e a região metropolitana, que é impossível decorar todas.

Imagine como vai ser no dia em que todas elas existirem de verdade, além do mapa colado nas estações. Vai ter até linha xadrez com paetê. O trem da CPTM, em São Paulo, pode ser muito melhor, mais confortável, igual ou ainda pior do que os do Rio, depende da cor psicodélica da linha que você pega.

Durante décadas o metrô do Rio foi considerado um meio de transporte maravilhoso, apesar de (e talvez por) ter uma malha pífia, que servia para levar pessoas de Botafogo e Flamengo até o centro ou à Tijuca. Como havia menos gente nos vagões, o conforto era quase garantido, graças também ao maravilhoso ar-condicionado, até então inexistente em ônibus urbanos da cidade.

A malha metroviária de São Paulo é tradicionalmente bem mais extensa do que a do Rio e cruza a cidade de norte a sul e de leste a oeste. O problema é que a cidade é desproporcionalmente muito maior do que o Rio. Então, na prática, é como se o metrô paulistano fosse menos abrangente do que o carioca.

Manifesto carnavalesco paulistano

As semanas que antecedem o Carnaval é a época do ano em que o carioca que vive em São Paulo mais é acometido de tendências suicidas. Isso porque é a época em que a TV passa a transmitir, nos intervalos comerciais, os sambas-enredos das escolas da cidade. É um clássico exemplo do que acontece quando Rio e São Paulo tentam imitar uma tradição da cidade rival.

É injusto o título de "túmulo do samba" para São Paulo, tenho um profundo respeito por quem trabalha e vive do samba, e a capital paulista tem uma vocação musical incontestável. Mas é preciso admitir que desfile de escola de samba não é o forte da cidade, especialmente quando tenta reproduzir, sei lá eu sob quais motivações, o que o Grupo Especial do Rio faz há tantas décadas, o que joga por terra um dos princípios básicos do Carnaval: a espontaneidade.

Respeitando a máxima de que tudo é levado a sério em São Paulo, os paulistanos, com sua tendência empresarial, resolveram entregar pelo menos parte da festividade que valoriza a informalidade e a bagunça a quem mais entende do assunto: as torcidas organizadas, exemplos de gestão, boa-fé de suas lideranças e bom senso de seus associados.

O resultado é visto na cara de alegria de quem desfila na sexta-feira, depois de uma semana exaustiva de trabalho. E na chuva torrencial que invariavelmente cai em pelo menos uma das noites de desfile. A segunda coisa mais paulistana que ocorre nos desfiles das escolas de samba, e que talvez seja o verdadeiro motivo para sua persistência, é o engarrafamento que se forma na Marginal Tietê, próximo ao Anhembi, sambódromo de São Paulo.

E é talvez pelo potencial que os blocos de rua têm de provocar engarrafamentos que o Carnaval de rua de São Paulo tem crescido tanto a cada ano. Tudo com o toque de personalidade do paulistano, o que faz dos blocos de São Paulo uma experiência antropológica (antropofágica, no caso).

Sim, você leu certo, estou falando do Carnaval de rua de São Paulo. Veja a seguir uma lista de motivos e características para os blocos de São Paulo darem certo (ou não):

:: Tal como no Rio, o sotaque paulistano predomina nos blocos de São Paulo.

:: Os homens usam camisa (a contrapartida é que as mulheres não estão só de biquíni).

:: Alguns estão até de camisa polo (afinal, não era para sair com uma roupa mais à vontade?).

:: O sujeito de camisa polo pode ser carioca, que aproveitou para se assumir coxinha em São Paulo.

:: Agora, se estiver de camisa social (ainda que aberta e com uma camiseta por baixo para dar aquele ar despojado), com certeza é paulistano.

:: O pessoal leva bolsa térmica com cerveja para o bloco.

:: Paulistano chega no horário marcado e divulgado.

:: As mulheres estão maquiadas, sem que isso faça parte necessariamente de uma fantasia.

:: Hino do Flamengo vira marchinha.

:: Você pode encontrar a Pitty, o Nando Reis ou a Alessandra Negrini no bloco.

:: Dependendo do bloco, ainda é possível chegar perto do carro de som, circular sem pegar uma doença transmitida pela pele e andar até três metros sem encostar em ninguém.

:: A maior parte das pessoas de São Paulo que gostam de Carnaval está no Rio ou em Salvador.

:: Por mais que o Carnaval de rua de São Paulo tenha sucesso, o paulistano médio jamais abrirá mão de pegar um gigantesco engarrafamento de estrada no feriado ou um aeroporto lotado.

:: A capital paulista deve reunir a maior concentração de gente que odeia Carnaval. E também a maior quantidade de gente que adora.

:: Não é necessário contratar carro-pipa. Sempre chove no meio do bloco. Umas três vezes. Ou uma só, que vai durar o bloco inteiro.

:: Ninguém estranha ouvir o sotaque carioca no meio do bloco.

:: Não tem aquela cantada/abordagem do "você veio de São Paulo?".

:: A fila do banheiro dos homens é maior do que a das mulheres (não é exatamente uma vantagem para o público masculino, mas mostra que, ao menos por enquanto, mesmo os cariocas ainda têm alguma vergonha de urinar no meio da rua em São Paulo).

:: Você também pode encontrar aquele amigo de infância do Rio no meio do bloco.

:: É o único lugar do mundo onde você vai ouvir "vai, Curíntia!" no meio do Carnaval.

:: Paulistano já está acostumado a ficar parado no trânsito. O congestionamento enquanto espera o bloco passar não faz muita diferença.

:: Muitas vezes, aliás, o bloco acaba engolido pela cidade e é ignorado pela maior parte das pessoas que nela estão.

:: São grandes as chances de você ser a única pessoa fantasiada no busão.

:: Parece o Carnaval de rua do Rio nos anos 1990, com a cidade vazia e os blocos tranquilos (uma imensa vantagem se você tem mais de 30 anos e espírito de mais de 90, meu caso).

:: O bloco é o lugar mais "sussa" da cidade nessa época, com cinemas e shoppings lotados.

:: Não tem coisa que os cariocas mais torçam do que para Carnaval de rua de São Paulo dar certo. Rixas à parte, não cabe mais ninguém nos blocos do Rio.

:: Não tem aquela quantidade absurda de vendedores ambulantes (ok, você vai achar isso ruim na hora que tiver de atravessar o bloco para comprar cerveja e não encontrar nem aquela tradicional Itaipava quente a R$ 10).

:: As chances são maiores de a cerveja estar gelada, já que não faz os 57° C à sombra dos blocos do Rio e (ainda) tem menos gente.

:: Apesar de cair água do céu copiosamente todos os dias nessa época, as pessoas ainda se surpreendem e procuram abrigo da chuva nos lugares menos espaçosos (se o bloco estiver começando a desfilar e especialmente as mulheres que fizeram escova).

:: As pessoas levam guarda-chuva e não é para dançar frevo.

:: As chances são maiores de a cerveja não estar "choca". Como não tem bloco todo dia, o cara não vai guardar a cerveja desgelada para o dia seguinte (e vai acabar mesmo).

:: Tem japonês (e japonesa) sambando (possivelmente é ele que vai estar de camisa social).

:: Os batedores de carteiras ainda não descobriram o Carnaval de São Paulo.

:: Os pitboys também não.

:: Nem as pseudocelebridades.

:: Então, os blocos não têm aqueles cercadinhos.

:: Você consegue ouvir a música.

:: São Paulo tem rodízio de carros. Se o número de blocos crescer, nem todos poderão circular no mesmo dia da semana.

:: O cara vestido de mulher realmente quer dizer isso.

:: As duas mulheres se beijando também (não, elas não querem só chamar sua atenção).

:: Tem fila para comprar cerveja. E as pessoas respeitam (paulistano adora fila – claro que, se você for carioca, sempre vai dar um jeito de passar na frente).

:: Paulistano vai de carro e de tênis para o Carnaval, e os seguranças do bloco usam terno. Sério.

:: Paulistana samba com o rosto, sorrindo para um lado e para o outro, com os dedinhos indicadores apontando para cima, e o cabelo devidamente alisado.

:: Você não corre o risco de pegar uma insolação.

:: Você não tem trabalho para decorar a marchinha deste ano. É sempre a mesma.

:: As pessoas ainda acham graça quando você grita "toca, Raul!".

:: As músicas, fora a eventual marchinha oficial, são as mesmas do Rio.

:: Alguns blocos também.

:: Você pode tirar onda de local cantando "Trem das Onze" e ainda pode conhecer alguém de fato do Jaçanã, que não é um bairro, mas um distrito.

:: Os banheiros químicos (ainda) dão conta da demanda.

:: Você pode parecer original quando publicar as fotos nas redes sociais.

:: Bloco de Carnaval em São Paulo tem hora para acabar.

:: Tá, nem sempre essa regra é respeitada. Afinal, é Carnaval.

:: O bloco vira uma alternativa para você não precisar passar os cinco dias de Momo comendo (e entendendo por que ele ficou daquele tamanho), assistindo pela TV ao Carnaval da Bahia, de Recife e do Rio, com todas suas subcelebridades.

:: Nem à reprise-compacta-versão-melhores-momentos-agora-com-a-letra-e-sem-nudez do desfile das escolas de samba, com a participação de comentaristas sempre pertinentes.

:: Paulistano confunde Carnaval com balada. Então, muitos blocos tocam qualquer música que não seja típica da época. Não deixa de ser uma forma democrática de ver e viver a coisa.

:: Muitos paulistanos chamam qualquer bloco de trio elétrico. Alguns são mesmo.

:: A Vila Madalena é a cara do Carnaval de rua brasileiro.

:: Pensando bem, até que dá para passar um belo bloco na Marginal Pinheiros, hein?

:: Quando a folia acaba, você não precisa pegar a ponte aérea, enfrentar os aeroportos brasileiros, a Dutra, ou viajar de ressaca.

Procurando imóvel no Rio e em São Paulo

Buscar casa ou apartamento no Rio e em São Paulo não é uma missão fácil. Para evitar ser enrolado pelo mercado imobiliário, o melhor a fazer é aprender a se comportar como um local.

A primeira coisa que um carioca olha na hora de escolher um apartamento para morar é a vista. Viciado nas belezas naturais de que tanto se orgulha, o cidadão do Rio gosta tanto de olhar pela janela que vai te vender um apartamento "de vista para o mar", ainda que seja necessário subir num banquinho, colocar a cabeça para fora e se entortar um pouco para ver o horizonte com um espelho. E pior: outro carioca vai comprar e jurar que dá para ver o Cristo Redentor dali, mesmo que seja a ponta da unha do dedo mindinho direito da estátua.

Se os prédios do Rio foram construídos colados uns nos outros, possivelmente pela falta de terreno ou de planejamento urbano mesmo, impedindo a circulação de ar em muitos bairros, os de São Paulo foram feitos quase todos "de lado", provavelmente por conta do formato dos terrenos, mais retangulares e profundos e com a largura menor.

Com isso, as janelas principais dos apartamentos paulistanos ficam viradas para o edifício imediatamente vizinho, o que acaba provando também que o cidadão de São Paulo, mais pragmático e menos romântico, não liga tanto assim para a vista, já que a parte da casa que fica virada para a rua é a área de serviço (lavanderia, porque paulistano é chique).

Enfim, pode ser também só porque o paulistano pensa sempre na qualidade de vida da sua empregada doméstica. Esses prédios são das décadas de 1970 e 1980, dizem, mas não se surpreenda se você encontrar algum edifício mais novo com essa configuração. Se for lançamento, o apartamento com vista para dentro do condomínio periga ser o mais caro do empreendimento.

Paulistano gosta tanto de vista que inventou a janela de três folhas com espaço para apenas duas delas, sendo só uma de vidro, modalidade presente na maioria dos edifícios residenciais da cidade e dos mais diferentes padrões. O ambiente jamais ficará totalmente iluminado pelo sol e você tem que escolher entre ficar com a janela meio aberta ou com o ambiente completamente escuro. A vista, nesses casos, jamais ocupará todo o esquadro da janela, muito menos esta ficará totalmente aberta para a ventilação. Também não é possível ficar com um lado no vidro e o outro aberto para o ar entrar.

Para paulistanos clássicos, prioridade mesmo são as vagas de garagem. Por isso, existem edifícios com espaço para até seis veículos por apartamento. Se algum paulistano te falar de uma "puta vista" em São Paulo, provavelmente será um mar de prédios vistos de cima, o chamado skyline, que depois de um tempo na cidade o carioca aprende até a curtir.

Uma característica interessante do mercado imobiliário paulistano é a quantidade de placas penduradas nas grades de edifícios, ou fincadas nos seus jardins frontais, anunciando "aluga-se", "vende-se". Isso permite que você avalie previamente se quer morar ali, ou não, sem ficar refém de anúncios fantasiosos nos jornais ou na internet.

O problema é que, na maioria das vezes, seu primeiro contato com as demais informações do imóvel ou com a imobiliária será o porteiro do prédio, personagem que pode se tornar extremamente perigoso por causa das informações que detiver.

Ele fará uma análise socioeconômica minuciosa sua quando você perguntar se "tem apartamento para comprar/vender neste prédio". Se o candidato a morador não estiver bem vestido, corre o risco de ouvir uma resposta como "tem, mas é caro", como já ocorreu com um amigo meu. Ele planeja voltar ao edifício quando um novo apartamento estiver disponível, para repetir a pergunta e responder de volta, dizendo que só estava interessado se houvesse algum com pelo menos cinco suítes, para não perder a pose.

Segue um pequeno Glossário da Bolha Imobiliária Brasileira, com termos e expressões esdrúxulas usadas por corretores e suas respectivas traduções, para ajudá-lo nessa experiência importante e traumática que é a realização do sonho do endividamento próprio. Bom proveito.

Aceita financiamento: quem não aceita é o banco, já que o sujeito tem um monte de processos e o crédito não será aprovado.

Aceita proposta: não baixa um real.

Aconchegante: fica um forno no verão.

Apartamento ventilado: tem janela.

Área de lazer: salão de festas. Só.

Área nobre: centrão.

Área tradicional da cidade: Cracolândia.

Banco: não adianta fugir. A verdade sobre o mercado imobiliário brasileiro é que, de um jeito ou de outro, você vai dar dinheiro para eles, mesmo que vá pagar à vista ou com FGTS.

Bem localizado: serve para qualquer rua ou bairro, partindo do princípio de que o comprador tem carro e adora passar quatro horas por dia dentro dele. Deveria ser usado em anúncios de venda de automóvel.

Cachimbo: se não tiver um, não é um apartamento tipicamente carioca. Trata-se de um recuo inútil que a maioria dos imóveis residenciais antigos de dois quartos tem na sala, com uma janela pequena, resultando num espaço muito difícil de ser aproveitado, pois não cabe nada direito ali, nem uma mesa de jantar, nem um sofá com distância suficiente para a TV, e acaba sobrando para uma escrivaninha apertada onde fica o computador. Serve para dar espaço para o segundo quarto, retirando uma costela da sala, mas, em geral, impede de fazer qualquer decoração com dignidade no ambiente. Provável resultado da posição dos prédios, sem distância para a construção vizinha, só permitindo janelas na frente da casa e nos fundos.

Casario próximo: favela (juro que já ouvi essa expressão de uma corretora de imóveis no Rio).

Certidões: quem já procurou apartamento para comprar já entendeu que o mercado imobiliário se divide entre gente que não pode vender (porque está com o nome mais sujo do que pau de galinheiro) e gente que não quer vender (gente que coloca anúncio só porque quer saber quanto seu imóvel vale na praça). É para saber de qual lado está o vendedor com quem você está negociando que são solicitadas as inúmeras certidões negativas de débito.

Compacto: apartamento para anão. Solteiro.

Dúplex dois quartos: um quarto com puxadinho.

Excelente metragem: só isso. Ideal para você que quer plantar soja em Pinheiros ou Botafogo.

Exclusivo: sim, é o mesmo que outros cinco corretores já te ofereceram.

Imóvel totalmente desembaraçado: está no começo do inventário.

Incorporadora supercorreta: quando o corretor diz isso, ele quer dizer que ele mesmo tem um processo trabalhista contra a incorporadora. Mas foi só para dar um susto neles, ele jura.

Inquilino: o cara que vai infernizar sua vida e fazer de tudo para não te entregar o apartamento que não é dele. Isso se ele permitir que você visite o imóvel para conhecer.

Interfone: meu amigo, quando o anúncio coloca interfone e salão de festas como "benefícios", prepare-se, porque é uma bomba.

Loft: quitinete reformada.

Milhão: são os novos R$ 200 mil.

Necessita modernização: derrubadaço. Você vai ter que colocar o apartamento abaixo se quiser um dia chamá-lo de lar.

Open space: quitinete.

Ótimo para criar plantas: e fungos. Gelado e úmido. Péssimo para seres humanos e animais.

Padrão ou original: o apartamento está no padrão ou todo original quando ainda tem os mesmos azulejos azul-calcinha dos anos 1940 (e os fungos dos 1950, 1960 e 1970 em diante) e instalações hidráulicas e elétricas compatíveis, logicamente. Um lixo.

Perto do metrô: se você tiver carro.

Posso me mudar em 15 dias: frase dita pelo vendedor quando ele quer dizer "vou morrer nesse prédio, porque nem comuniquei ao resto da família sobre a venda do apartamento ainda".

Preços exagerados: quando o corretor fala isso do mercado, é porque ele mesmo vai te oferecer o mesmo apartamento pelo dobro do valor daqui a alguns meses.

Prédio com serviços: tem porteiro e elevador.

Pronto para morar: se você gostar de armários dos anos 1970, sinteco dos anos 1980, pintura dos anos 1990 e encanamento dos anos 1940.

Quadríssima: gíria brega carioca (mais uma) para dizer e valorizar um imóvel que fica na quadra da praia.

R$ 500 mil: não vale R$ 300 mil.

Sala aconchegante: não cabe uma mesa.

Sinal: nome gentil para qualquer valor acima de R$ 100 mil que não sirva para dar qualquer garantia ao comprador.

Studio: quitinete.

Tem história: mal-assombrado.

Tem inquilino: quase a mesma coisa.

Terceiro quarto reversível: quarto de empregada anã que dorme em pé, sem janelas mesmo, reversível em uma sapateira. Ou masmorra.

Varanda: área de serviço.

Vende logo: sim, esse apartamento é o mesmo que você já viu anunciado em diversas imobiliárias, por preços diferentes, nos últimos seis meses.

Vendedor idôneo: é o que tem só meia dúzia de execuções fiscais e outros três processos trabalhistas nas costas.

Vista: eu não falei que tinha vista, quis dizer que só aceita pagamento à vista.

Vista devassada: devassada pela especulação imobiliária.

Vista livre: livre de beleza.

Quem fala certo?

Embora seja a diferença mais óbvia, e talvez por isso mesmo, é na fala que são travadas as maiores batalhas entre cariocas e paulistanos. Tanto fluminenses quanto paulistas têm certeza de que falam o português correto.

A grande diversão dos cariocas quando um amigo se muda para São Paulo é dizer que ele já está usando gírias e sotaque paulistanos (o que, muitas vezes, é verdade), falando "mina", "puta bóssta" e "balada".

Um dos mantras clássicos que tanto cariocas quanto paulistanos usam como prova cabal de que representam a língua oficial brasileira é dizer que falam da mesma forma que os comerciais na TV. Mal sabem ambos que mesmo a publicidade tem versões diferentes da mesma peça publicitária com sotaques diferentes.

Afinal, ninguém está aqui neste mundo para perder dinheiro. A única dúvida que fica é sobre a voz de verdade dos atores e qual comercial é dublado (versão paulistana em http://youtu.be/tn8r90ScVBg e versão carioca em http://youtu.be/UIxqRD_782Q).

Apelidos

Enquanto o Rio será eternizado na crônica policial por nomes no diminutivo para a sua bandidagem (e não só ela), os mais chegados podem se chamar de qualquer apelido constrangedor ou alguma gíria em inglês, tipo "brother", além dos imortais "cumpadi", "cara", "bicho" e "merrmão", ou ainda pelos vintages "jovem" e "meu querido".

Os paulistanos, embora com dificuldade de se tornarem íntimos, passam a te chamar pela primeira sílaba assim que te conhecem, não importa quantas letras tenha o seu nome, talvez por estarem sempre com pressa e com necessidade de serem produtivos: Fê, Lê, Tá, Sil, Jô (tanto para João quanto para Jovenildo), Lu, Má, Dê, Gá – para Gabriel ou Gabriela –, Gi, Ló, Ru para Ruth, Rô, Dó, Rê (jamais Ré em São Paulo), Mi, Fá, Sol, Lá, Si ou Sil, dando preferência para a versão mais anasalada possível.

Há algumas poucas exceções, como Edu para Eduardo, Alê para Alexandre e Alessandra, Adri para Adriana e Dani para Daniela, Daniel e Daniele, embora ninguém mais se surpreenda quando pessoas com esse nome são chamadas simplesmente de Dan ou Dã. Mesmo Beth, que já é um apelido, pode virar Bê. Se for nome duplo, os dois nomes são abreviados: Má Fê para Maria Fernanda, ou Malu para Maria Luiza, por exemplo.

A precisão do apelido também é muito importante em São Paulo. Giulias e Giulianas viram Giu, enquanto Ju fica reservado para Júlias, Julianas e Jucélias, todas com "j". Felipe vira Fê, mas Filipe vira Fi. Outra opção de apelido em São Paulo é o acréscimo do sufixo "eira" ou "êra" ao fim do nome do sujeito ou do apelido original: Felipeira, Luizera, Eduzeira, Gustaveira.

Biscoito

A grande disputa da civilização será decidida entre representantes feitos de farinha de trigo, açúcar, gordura vegetal, baunilha, polvilho e chocolate. Emblemas dessa grande disputa, são o "biscoito" e a "bolacha" que vão definir se o certo é falar e agir com a malemolência de quem nasceu e foi criado nas praias do Rio de Janeiro, ou se comportar como quem respira desde cedo o ar consistente e o ritmo acelerado de São Paulo.

Pedir uma bolacha no Rio pode resultar em um tapa no rosto, que é o significado mais imediato no qual o carioca pensa quando ouve a expressão. O argumento básico dos cariocas é que "biscoito" é o nome oficial do alimento, já que é assim que ele é descrito nas embalagens vendidas em todo o país e, segundo a indústria alimentícia brasileira, não existe bolacha recheada, bolacha Maria, bolacha champanhe ou bolacha wafer.

O problema dessa alegação carioca é que, por ela, cariocas deveriam largar seus chinelos e passar a falar sandália, que é como os fabricantes batizaram o calçado. Alguns cariocas mais antigos até aceitam que se use "bolacha" para falar dos tipos cracker, que servem para transportar algum outro alimento, como patê, embutido, cremes ou queijo. Mas, com o acirramento dessa relevante disputa, o povo do Rio criou verdadeira birra da expressão.

Bolacha

Paulistas e paulistanos têm uma lógica toda própria para defender a bolacha, que inclui algumas regras e exceções claras. Eles topam chamar de biscoito somente o de polvilho. Quase todo o resto é bolacha: seja redonda ou quadrada, com recheio ou não, doce ou salgada, tipo Club Social, Bon Gouter, água e sal ou cream cracker.

Torrada, em São Paulo, é só aquela que parece mesmo uma fatia de pão torrado para passar algo cremoso em cima. Agora, se for Doritos, Fandangos, Cheetos, Baconzitos, Cebolitos, Torcida, Fofura, Skiny (sim, ainda existe) ou quaisquer Podritos, aí é salgadinho (ou snacks, para dar uma gourmetizada) em ambos os estados, embora ainda seja possível encontrar cariocas de raiz que defendem que é tudo igualmente biscoito, aí na vez deles de contrariar as embalagens.

Perdido fica quem tem família misturada entre os dois estados. O filho carioca de um amigo paulista achou melhor, quando tinha menos de dois anos de idade, chamar tudo de "boscoito". A maior prova de amor que eu (fluminense) já dei para a minha mulher (paulista) foi falar "bolacha" espontaneamente. Mesmo assim, para evitar brigas decorrentes de alguma escorregadela linguística, passamos a chamar tudo de cookies.

Cariocas x fluminenses

Da mesma forma (na verdade, de forma inversa) que carioca e fluminense não sabem a diferença entre paulista e paulistano, o paulistano e o paulista ignoram que quem nasce no estado do Rio é fluminense, e não necessariamente carioca, título específico para quem nasceu na cidade dita maravilhosa.

Embora esteja correto sob os pontos de vista linguístico e matemático chamar todos os cariocas de fluminenses (e não o inverso), estes rejeitam o título, especialmente se forem flamenguistas, vascaínos ou botafoguenses. Tanto é que criaram a expressão "carioca da gema", uma forma de dizer que o sujeito é ainda mais carioca do que os outros porque tem pai e mãe também cariocas.

Ou seja, é carioca desde antes de nascer (por isso a "gema", sacou?). A expressão é equivalente em simpatia à do indivíduo que se vangloria ao dizer que é de uma família quatrocentona de São Paulo. O carioca fica ofendido se alguém de outra cidade do estado se intitular "carioca" sem a permissão prévia dele.

Mas a verdade é que nem quem é do Rio sabe direito a diferença entre carioca e fluminense. Tanto é que chamam o campeonato estadual de futebol de Campeonato Carioca (ok, no fundo deve ser só para não colocar o nome de um time no título da competição).

Como ser carioca é mais um estilo de vida, que inclui fazer amigos facilmente, do que uma origem, a cidadania carioca acaba sendo obtida na praia ou no boteco da esquina. Por isso, o Rio está cheio de paulistas, paulistanos, gaúchos, mineiros e estrangeiros, cariocas desde criancinhas.

Concordância (ou não) verbal e nominal

Paulistanos têm uma gramática própria, que ignora o plural muitas vezes e manda perguntar "quer que eu pego?", "quer que eu ligo?", "quer que eu limpo?", "quer que eu faço?". Muitos devem achar que "então" é sujeito, já que está presente em todo começo de frase.

Gerúndio paulistano

Tal como o Minhocão, a Semana de 1922, o engarrafamento da Marginal e o chope com groselha, o gerúndio também é uma invenção paulistana e um dos elementos que fazem parecer muitas vezes que o sujeito está te ligando para vender um plano de saúde ou de TV a cabo.

Junto com os atendentes de telemarketing, o gerúndio foi criado pelos paulistanos que não gostam do funk carioca com objetivo claro de vingança. Como toda criação ruim, "esteve sendo espalhado" pelo resto do país. *Vamos estar ficando* muito felizes quando essa praga *estiver sendo extinta*.

Nomes

Paulistanos são preocupados com a pronúncia correta na língua original até dos nomes que importam: um sujeito de nome Alan será automaticamente chamado de Álan em São Paulo, mesmo que se apresente de outra forma.

Já no Rio, Giulia vira Júlia mesmo, Giuliana vira Juliana, Giovanni vira "Jôvâni", Michael vira Maicon (inclusive na certidão), Clayton vira "Crêitu" e Alan vira "Alã".

Cariocas de raiz se chamam Bernardo, Marcos, Carla, Gustavo, Marta, Jorge, Carlos, Márcia, Roberta, Marcelo e suas variáveis de gênero. Enfim, preferem nomes que permitam a valorização e a afirmação do sotaque com seu chiado *caracteríshtico*.

Sotaque carioca = sotaque fluminense

Embora pareça sempre que está na praia quando fala, o carioca jura que não tem sotaque. Até porque acredita que o certo é escrever "sutaque".

Diferentemente do que ocorre em São Paulo, o sotaque carioca é praticamente o mesmo em toda a cidade e mesmo no estado do Rio de Janeiro, com leves variações de gírias e expressões devido a influências familiares e pessoais, ou até da proximidade do mar, já que a consequente maresia pode influenciar uma fala mais lenta e levemente mais afirmativa da identidade carioca.

Famosa pelo seu chiado, especialmente para falar o "esse" e seu arranhado para falar o "erre", especialmente em palavrões, reflexos claros da maior influência portuguesa no processo de colonização, a malemolência da fala do carioca é tamanha que, quando você ouve duas pessoas conversando, acha sempre que eles estão na praia. Eles provavelmente concordam.

Nos bairros tradicionais do chamado subúrbio carioca, o certo é pronunciar todas as letras dos dígrafos que formam o som de "esse": "eu naissí no Méier e quem é do Méier não bobéier".

A título de representação gráfica, podemos considerar que o "erre" do carioca, por ter um som rasgado, deve ser representado por dois "erres", entendendo que, assim como ocorre numa equação matemática, em que um número negativo multiplicado por outro negativo resulta num positivo, dois "erres" anulariam o som original da letra, resultando num som quase de "h".

Sotaque paulistano

Embora adore imitar o que se convencionou chamar de sotaque paulistano, o carioca dificilmente consegue fazê-lo com sucesso porque a capital paulista comporta entonações e gírias incrivelmente variadas, influenciadas por bairro, região, origem, profissão e até time de futebol, sendo todas consideradas genuinamente paulistanas, encontradas misturadas por toda a cidade.

Tudo isso graças à influência das múltiplas imigrações que até hoje chegam à cidade, com maior destaque histórico para árabes (sírios e libaneses), japoneses, espanhóis, portugueses e italianos, logicamente. Na Mooca e no Bixiga, por exemplo, predomina justamente essa influência na fala, estilo Adoniran Barbosa e Tancinha (personagem de Claudia Raia da novela Sassaricando, de 1987 a 1988), que acaba criando palavras como "gorfar" e "porpeta".

Nas baladas na Vila Olímpia você vai encontrar as falas mais anasaladas e exibidas com relação ao "erre" e ao "esse", e gente que adora enfiar um "i" no meio dos fonemas anasalados, como "einteindo" e, por isso, a paixão pelo gerúndio, que permite seu uso sem limites. Na zona leste mais humilde nasceu o sotaque *dos manos*, que carrega junto todo um vocabulário próprio (o que não quer dizer que não tenha uma pá de playboys que falem como se fossem *manos*).

Mais importante do que a forma como pronunciar os "esses", "erres" e as vogais, o paulistano adora uma última sílaba tônica, especialmente se for no nome. Em São Paulo, eu me chamo Felipê.

Sotaque paulista

A diversidade de sotaques é tão intensa que, pouco depois da fronteira da cidade, em São Bernardo do Campo, já é possível encontrar a fala típica do interior (por isso, o "Campo"), carregada no "erre" de palavras como "porta", "porteira", "arco" e "tarco" para colocar no pé ou passar no pescoço depois de cortar o cabelo curto.

Tecla SAP

Ainda que cariocas fossem convencidos por paulistanos de que o certo é falar "bolacha", dificilmente teriam sucesso na pronúncia da tradução. Na prática, o melhor que cariocas conseguem falar é "bulacha", que não convence ninguém. Bolacha verdadeiramente paulistana é com acento circunflexo no "o": bôlacha.

A verdade é que é difícil se fazer entender numa cidade que não é a sua, mas que supostamente fala a mesma língua que você. Até hoje, depois de mais de dez anos em São Paulo, quando eu falo "seis" com meu sotaque característico (sêish e caracteríshtico), meu interlocutor ouve "sete". Deve ter sido por isso que inventaram o "meia" como sinônimo.

No começo da minha vida em São Paulo, confesso que tentava disfarçar um pouco o sotaque carioca, para evitar o ruído na comunicação, para a pessoa do outro lado da linha não achar que a ligação era do Rio, mas principalmente para não ter que contar sempre toda minha excitante história de vida, pois a pergunta sobre a minha origem parecia quase sempre inevitável.

Já desisti desse disfarce como regra hoje em dia, até porque sempre que eu tento pronunciar "dôuze" sem o "u" em São Paulo, o paulistano que me ouve pergunta: "dois?", "onze?". Ou seja, eu não sei falar doze em paulistanês. Da mesma forma, quando eu não resisto e solto um "é" para soletrar a quinta letra do alfabeto em São Paulo, é frequente me responderem "ê?", no que eu já identifiquei ser uma tentativa clara e educada de me corrigir.

Fora que fica meio ridículo carioca tentando reproduzir com naturalidade o sotaque paulistano quando se muda para São Paulo. Para ter uma ideia, é só assistir às novelas filmadas no Rio com atores da cidade, mas que supostamente se passam em São Paulo.

Já o paulistano adora fazer uma imitação caricatural exagerada, mas muito parecida com a realidade, do chiado e do "erre" rasgado cariocas: "sô dú ríudexanêru". É óbvio que nós não falamos assim (porém, se trocar o "x" ali do meio por um "j"...).

Enfim, todo desejo de se fazer de íntimo de uma cidade que não é a sua será castigado por gargalhadas do seu interlocutor quando você tentar apelidar uma rua, como "a Schaumann", ou adivinhar o gênero de algum bairro ou escola de samba, ao dizer que foi a um bar "em Santana" em São Paulo, ou está hospedado "no Botafogo", e que foi "na Salgueiro" ontem.

Dicionário carioquês de gírias e afins

Um amigo de São Paulo conta que uma vez, em uma visita turística ao Rio, treinou bastante o sotaque para ter a segurança de não passar vergonha e não ser passado para trás. Ia tudo muito bem até que ele interpelou um grupo de jovens sarados de camiseta regata com um "aí, *merrmão!*".

O problema é que ele não estava preparado para ser bem-sucedido ao chamar a atenção do grupo, quando teve que engatar a segunda confiante: "sabe como é que eu chego ao *Corrrcovado?*", com uma sucessão de "erres" enrolados que revelavam sua verdadeira identidade do interior paulista, pois não havia ensaiado o resto do diálogo.

O carioca percebe que está há muito tempo morando em São Paulo quando pergunta para o motorista do táxi, que ele pegou no embarque do Santos Dumont, se está "embaçado" para apanhar passageiro fora do ponto oficial do aeroporto. Porque, afinal, malandragem se combate com malandragem no Rio.

Por isso, para ajudar cariocas que estão morando fora há muito tempo a relembrarem como se fala na dita Cidade Maravilhosa, e para ajudar paulistanos a se comportarem como tal, a fim de evitar sobrepreços e outros eventuais golpes contra estrangeiros, segue aqui uma modesta lista de verbetes da língua falada no Rio e nas novelas.

De brinde, meia dúzia de verbetes falados em outras cidades do estado, que no fundo só querem ser iguais à capital fluminense. Ao menos é nisso que todo carioca acredita.

Abalar: surpreender. *"Aí, merrmão, este livro vai abalar as relações Rio–São Paulo!"*

Abalou Bangu: surpreendeu muito. A expressão foi popularizada quando virou bordão do personagem Edilberto (Luiz Carlos Tourinho, 1964-2008) na novela global *Suave Veneno*, de 1999. A origem da expressão é controversa. Há quem diga que tenha surgido do título de uma matéria de jornal dos anos 1970 sobre uma derrota do time que leva o nome do bairro da zona oeste, mas, como acontece com muitas gírias antigas ainda em uso na cidade, também é possível que a expressão seja da época em que Bangu lançava moda no Rio.

Adiantar: usada para mandar alguém embora. *"Se adianta, merrmão!"*

A frete: serviços de pequenas mudanças prestados por pequenos caminhões ou kombis adaptadas para caminhonete. Todo carioca já leu isso na traseira desses veículos algumas vezes na vida e se perguntou o motivo desse "a" na frente. Significa que o sujeito presta serviço "a frete", ou seja, mediante pagamento para transporte de objetos de um lugar para outro. É o "faz carreto" de São Paulo.

Aí: o "então" do carioca. Serve para começar qualquer frase. Qualquer uma.

Aipim: mandioca.

Aipo: verdura carioca com mesmo sabor, cor, formato e textura do salsão paulistano.

Alemão: estrangeiro, traidor.

Amado e amada: o novo "querido" e "querida".

Amarradão: gíria de outrora (assim como falar "outrora") que o carioca usa para dizer que está "afinzão", apaixonadão por alguém.

Amigo oculto: o mesmo método de tortura que é chamado de "amigo secreto" em São Paulo.

Anda e vira: alternativa ao "vira e mexe". *"Anda e vira, meu celular fica sem sinal."*

Animal: idiota, tosco. Tem evoluído (?) para "monstro"ou "inseto", mas este último conceito ainda não é usado de forma unânime.

Arariboia: o Borba Gato de Niterói. Índio fundador da cidade representado numa linda estátua em frente à estação das barcas que enche todo niteroiense de orgulho. Perdeu o acento na última reforma ortográfica.

Arpex: o Arpoador, para os íntimos.

Arrego: propina, suborno, dinheiro por fora, em geral pago periodicamente a policiais.

Arrente: como (alguns) cariocas falam "a gente". *"É o que arrente tem, né?"*

Arroz: o acompanhamento de sempre, mas que pouca gente come. É o sujeito que só acompanha, vive cercado de mulheres, mas é só amigo sempre. Também serve para a pessoa que está em todos os eventos, não falta a nenhum, o "arroz de festa".

Asfalto: oposição às favelas, que, devido às condições geográficas e mais especificamente do relevo da cidade, costumam ficar nos morros. Por incrível que pareça, morar "no asfalto" no Rio é sinônimo de status, embora a vista lá de cima possa ser muito mais bonita.

À vera: de verdade, ou muito, usado para dar credibilidade à fala. Às vezes causa mal-entendidos e trocadilhos indesejados. *"Cara, comi à vera ontem à noite."*

Azarar: expressão de origem aparentemente inexplicável para dizer "paquerar" ou "dar em cima de alguém", especialmente considerando a autoestima do carioca, que, em geral, considera uma sorte da outra pessoa ficar com ele. Uma das explicações possíveis é que o contrário de "azarar" seria "sortear", o que pode significar que a pessoa poderia cair nas mãos de outro. Outra é que a gíria é derivada da expressão "arrastar a asa" para alguém, e o azar seria da língua portuguesa, já que nenhuma ave conhecida tem asa com "z". A explicação mais convincente, no entanto, é que "azarar" seria uma evolução de "urubuzar", em função da semelhança entre o movimento da ave e o do marmanjo sobrevoando seus alvos. Como urubus têm a fama de dar azar, alguém se aproximando do outro em busca de sexo também teria esse efeito.

Babaca: pior ofensa que pode ser dita a um carioca. Você pode levantar o dedo do meio para ele, chamá-lo de veado, escroto, safado, filho da puta, e usar tais títulos quanto mais amigo for dele. Mas, se quiser ofender mesmo o sujeito, chame-o de "babaca". Sinônimo possível: otário.

Bacalhau: vascaíno, ou o próprio Vasco, para os flamenguistas.

Bacana: expressão *vintage* revisitada carioca para dizer que algo é legal (eventualmente, ilegal), num sentido mais *low profile*, nada que vá mudar sua vida. *"A viagem foi bacana."* Agora, se for algo "beeeeem bacana", já significa que foi um evento memorável.

Back: baseado. *"On jack tall back, meu irmão?"*

Bagaça: absolutamente, qualquer coisa. *"Qual é da bagaça?" "Pegou a bagaça lá em casa?" "E aí, vamos hoje à noite na bagaça ou não?"*

Bagulho: qualquer coisa, inclusive o consumido no Posto 9. *"O bagulho é doido, merrmão."*

Bagunçar: fazer sexo. *"Hoje vou bagunçar aquela menina."*

Bandalha: infração de trânsito e apelido carinhoso dos taxistas piratas que circulam livremente pela cidade, mais especificamente nas saídas da rodoviária e dos aeroportos.

Barraca: o que os cariocas usam na praia. Pode ser chamada pelo nome completo, "barraca de praia", embora seja apenas um tecido redondo esticado sobre um pau de madeira, com algumas hastes de metal enferrujado. Paulistanos que ouvem a expressão pela primeira vez acham que o carioca que a pronunciou está indo acampar. Dica para os amigos paulistanos em visita ao Rio: se você pedir um "guarda-sol" quando chegar à areia, pagará pelo menos três vezes o valor a ser despendido se conseguir falar "barraca" espontaneamente, com a malemolência carioca.

Barraco: qualquer confusão. *"O evento ontem foi um barraco só."*

Batata-baroa: mandioquinha em São Paulo.

Batidão: funk (de origem no mundo funk, logicamente).

Bebaço: bêbado.

Beca: roupa bonita, mesmo que não seja formatura de ninguém. *"Tá na beca, hein?"*

Begê: Baixo-Gávea, lugar que os "begês" (bichos-grilos) de São Paulo adoram visitar.

Beleza: tudo bem. *"E aí? Beleza?"*

Bicho: mais uma gíria carioca que parece ter sido tirada de um episódio de *Armação Ilimitada*. Serve para falar com qualquer amigo mais próximo com um tom de maresia anos 1970 e 1980. *"Pô, bicho, muito maneiro este livro..."*

Birosca: qualquer lugar que venda cerveja. Pronuncia-se "biróshca".

Bizarro: o novo "sinishtro" do Rio, desde que "sinishtro" passou a designar qualquer coisa, boa ou ruim, que cause relativa surpresa.

Blitz: banda de rock que fez sucesso nos anos 1980, e como os cariocas ainda preferem chamar as "batidas" ou "comandos" policiais que revistam carros e motoristas em pontos da cidade sem prévio aviso. Deriva da palavra alemã "blitzkrieg", que significa "ataque relâmpago", e foi muito usada pela Alemanha durante a Segunda Guerra. Isso deve explicar o comportamento de alguns policiais.

Bolado: carioca não fica nervoso ou preocupado, fica bolado. *"Ih, aí. Bolei."*

Bombar: animar, agitar, dar certo, ter sucesso. *"A féshta vai bombá, merrmão!"*

Bombeiro: carioca é escandaloso. Para resolver uma goteira, chama logo o "bombeiro" hidráulico, mas é um profissional igual ao "encanador" de São Paulo.

Bonde: qualquer grupo de pessoas em movimento, em atividade lícita ou não. Também serve para "carona". *"Cara, tu me dá um bonde até Ipanema?" "Formô o bonde!"*

Bora marcar: variável de "passa lá em casa", assim como "é só marcar", que igualmente se refere a um encontro que nunca se concretizará.

Botar para jogo: gíria com origem no futebol, em referência a "colocar a bola de volta para jogo", mas em geral usada para alguma conotação sexual – no Rio, claro. *"Aí, brother, não vai colocar a sua prima para jogo, não?"*

Brigadeiro: como os cariocas chamam a Faria Lima quando se mudam para São Paulo, querendo se fazer de íntimos.

Brotar: surgir, aparecer, meio que sem explicação. *"Como é que esse verbete brotou aqui?"*

Brother: "merrmão" em bom carioquês. Pronuncia-se "bróderr".

Brou: idem, mais anos 1990.

Buceta: variável para "caralho", embora signifique exatamente o oposto, mas para mostrar que o cara está mesmo puto da vida. O importante é pronunciar com "u" no lugar do "o", que seria usado na escrita correta da palavra.

Bucha: sujeito que acha que manda bem, mas é um mané, inconveniente, inoportuno. *"Esse autor é mó bucha!"*

Busão, buzum ou buzu: ônibus.

C.A.: o antigo Primeiro Ano do Ensino Fundamental, segundo o modelo da educação básica carioca. Também chamado de "pré" (devido à "pré-escola") ou "prezinho" em São Paulo, expressões igualmente erradas, segundo a Lei de Diretrizes e Bases da Educação.

Cabeça para baixo: como os cariocas ficam quando estão de ponta-cabeça.

Cabeçada: muita gente, uma galera, um "monte de cabeças" (daí a expressão, sacou?).

Cabeção: sujeito de cabeça grande ou cabeça-dura.

Cabeçudo: inteligente.

Cabuloso: algo "sinishtro", impressionante, espantoso, assustador, para o bem ou para o mal.

Cacete ou caraca: versões polidas para a interjeição "caralho". *"Em São Paulo chove pra cacete no verão, merrmão."*

Cachorra: mulher vulgar ou sem caráter (sim, a gíria é machista, mas não fui eu que inventei).

Cafezinho: propina para policial ou outro servidor público. E perigo para o paulistano desavisado, que pede a bebida e pode acabar sendo preso. Ou recebendo um trocado.

Cafifa: pipa em Niterói.

Caído: algo decepcionante. *"Pô, tá caída a praia hoje."*

Caipivodka: caipirinha com vodca no lugar da cachaça (tá, caipiroska também é aceito no Rio).

Cair fora: ir embora.

Calabresa: pizza com muçarela (e calabresa), que os paulistanos chamam de toscana. Afinal, pizza pressupõe queijo (e ketchup) no Rio.

Camarada: uma das formas de dizer "amigo", mesmo que não seja íntimo ou do Partidão.

Campos: paulistano de verdade não vai a Campos do Jordão. Vai para Campos.

Cana: prisão ou policial. Substantivo sem flexão no plural. *"Os cana chegaram arrebentando."*

Canhão: pessoa feia.

Cantar: prosopopeia praticada de forma violenta no Rio, segundo as expressões "o pau vai cantar" ou "a porrada vai cantar", sinônima de "comer", no caso.

Caô: lorota, lenda, historinha, embromação, história contada com intuito de enganar alguém. Mas também serve para sinônimo de "frescura" ou qualquer outra coisa. *"Tá de caô comigo, merrmão?!" "Para de caô, merrmão, vambora e compra este livro logo!"*

Caozeiro: mentiroso, o que pratica os "caôs".

Cara: vocativo ou interjeição. É usado para começar qualquer frase, independentemente de se estar falando com (ou de) um homem ou uma mulher. Embora hoje seja usado em âmbito nacional para se referir a alguma pessoa do sexo masculino, é inegável que a expressão é símbolo da fala carioca. *"Ih, ó o cara aí..." "Cara, este livro é muito bom!"*

Caralho: versão mais sincera para o "caraca" dos cariocas. É o "puta merda" dos paulistanos.

Carbo: arroz, pão, macarrão. É o carboidrato, principal inimigo do marombeiro carioca viciado em *whey protein*.

Cárdio: o exercício aeróbico (cardiorrespiratório) do sujeito que morre de medo de comer "carbo".

Carteira: documento de identificação, carteira de identidade, o RG do carioca. Se São Paulo tivesse sido capital do país algum dia, certamente a carteira nacional de habilitação seria chamada de carta nacional de habilitação. Pelo menos a sigla continuaria a mesma.

Casa: lugar cujo endereço é desconhecido e onde o carioca sempre combina de te encontrar.

Casaco: o que os cariocas usam quando está frio (menos de 30° C), no lugar da simples "blusa" dos paulistanos, mais acostumados ao frio.

Casa de Vídeo: como alguns cariocas chamam a loja de produtos para o lar "Casa & Vídeo".

CB: leia "cebê". Sigla para "sangue bom". Não questione.

Cerva: cerveja, a "brêja" carioca. Lê-se "cérrva".

Chã: coxão duro.

Chapa branca: carro oficial, por conta da cor usada nas placas desses veículos no passado.

Chapa quente: lugar animado, ou cenário para atividades ilícitas em frequente conflito com a polícia, com certo orgulho, dependendo de quem fala. Serve também para identificar o sujeito perigoso ou que provoca confusão por onde passa. *"Aqui é chapa quente, merrmão!"*

Chãpatinhelagartu!: as três partes mais populares do boi no Rio, conforme são anunciadas nas propagandas de supermercados populares na TV, parecendo uma palavra só para dizer "chã, patinho e lagarto". Mas o importante é falar as três palavras gritando e colocar o volume do áudio da propaganda no talo porque, afinal, pobre é surdo, né?

Chegar: carioca é ansioso e vive atrasado. Por isso, ele não diz que está saindo de um lugar, mas já fala do lugar para o qual está indo. *"Vou chegar lá, merrmão."*

Chegar de bicho: chegar ao ambiente ou em alguém com atitude.

Chinelo: o que cariocas colocam no pé para sair à rua em São Paulo quando querem que chova, ou para fazer qualquer coisa, enquanto paulistanos usam sandália e, mesmo assim, só na praia.

Chongas: nada ou quase nada. *"Merrmão, não entendi chongas da aula hoje."*

Choque: algo ou alguém legal. Aceita variáveis, como "choque legal", "choque de monstro" ou "choque monster", o que daria força para a explicação de que a origem da expressão é do futebol, do duelo entre times fortes. *"Fala, choque monster!"*

Chuviscar: no Rio não tem garoa. No máximo, de vez em quando, "chuvishca".

Cidade: o centro, mesmo que o Rio não tenha área rural. *"Você vai para a cidade hoje?"*

Colé ou coé: corruptelas para "qual é?", que significa "e aí, tudo bem?". Pode ser usada ainda na forma de vocativo, não considerado necessariamente ofensivo – "coé, neguinho?" para indivíduos de qualquer raça, cor ou time de futebol.

Colega: como os niteroienses (os maiores admiradores do Rio e cariocas por afinidade) chamam qualquer amigo.

Com cerveja: carioca adora um trocadilho. E cerveja (chope, preferencialmente). Por isso, transformou a expressão "com certeza", usada para concordar de forma veemente com algo que foi dito por alguém, em "com cerveja", especialmente quando a situação tem potencial etílico, claro. *"Bora na festa hoje?" "Com cerveja!"*

Contigo: quando o carioca quer mostrar que o problema não é dele, ele fala "é contigo merrmo!", ou "é com ele(a) merrmo!"

Contracheque: o recibo do salário do carioca. Depois, o sujeito ganha mal e não sabe o motivo.

Conversinha: sujeito bom de lábia, conversa mole, eventualmente mentiroso.

Copa: Copacabana (não, Ipanema não é Ipa).

Craudeado ou craude: lugar cheio, especialmente o mar. Corruptelas brasileiras surgidas no surfe para *crowded*, em inglês, porque o legal mesmo é falar expressões em inglês com sotaque carioca. *"Ih, o mar hoje tava craude."*

Creonte: mané, vacilão, traidor, no Rio. Gíria de origem nas academias de jiu-jítsu para identificar o cara que treinava numa academia, mas competia por outra. Apelido inspirado na telenovela *Mandala* (1987-88), em que o nome com origem na mitologia grega servia para identificar o personagem mau-caráter da trama (e você achando que jiujiteiro não via novela...).

Cuecão: brincadeira infantoadolescente que consiste em puxar a cueca do amigo por trás até a maior altura possível, até rasgar a vestimenta.

Cumpadi: amigo, camarada. *"Fala, cumpadi!"*

Cuscuz: o que o carioca pede em São Paulo achando que vem o doce baiano à base de tapioca e coco, mas recebe uma salada prensada à base de peixe e farinha de milho em formato de empada.

Da lata ou na lata: gíria oitentista para dizer que algo é bom, da melhor qualidade, com origem no lendário *Verão da Lata*, de 1987, quando latas contendo maconha foram encontradas nas praias do Rio após terem sido desovadas pela tripulação de um navio que trazia o contrabando e havia sido denunciada à Polícia Federal. Tem coisas que só acontecem no Rio mesmo.

Dá licééénça: "sai da frente, se não quiser levar um empurrão no próximo segundo, porque eu só vou pedir uma vez", com destaque para as três letras "e" de "licééénça".

Dar linha: vai embora. *"Dá linha, merrmão!"*

Dar mole: demonstrar interesse sexual por outra pessoa, dando condições para a abordagem, ou permitir que algo ruim aconteça. *"Cara, ele tá te dando muito mole!"* *"Putz, não estudei para a prova, dei mole!"*

Dar mole para Kojak: vacilar, ficar de bobeira, dar sorte para o azar, ser pego. Expressão da malandragem carioca dos anos 1970 imortalizada por Bezerra da Silva, para dizer que o sujeito havia sido pego pela polícia, representada na metonímia pelo detetive Theo Kojak – era interpretado por Telly Savalas na série de TV norte-americana que levava o sobrenome do personagem.

Dar molinho: variável em geral autoindulgente para quem perde uma oportunidade. *"Ih, dei molinho. A cerveja estava bem mais barata no Guanabara."*

Dar moral: dar valor, elogiar, homenagear, mostrar importância de alguém.

Dar perdido: pular a cerca, enganar o outro, não se deixar encontrar. *"Ih, ela te deu um perdido, hein?"*

Dar pinta: aparecer em qualquer lugar nos anos 1980 do Rio. Hoje é usada como jargão do mundo gay, e não só no Rio, para quem está "dando mole" ou tem trejeitos que identificam sua sexualidade, especialmente se a pessoa tenta escondê-los. *"Cê vai dar pinta na festa hoje?"*

Dar ruim: algo dar errado. *"Ih, deu ruim!"*

Dar um grau: melhorar algo, aprimorar, caprichar. *"Dá um grau no meu chope aqui, Manel!"*

Dar um tapa: fumar um baseado.

De: "da" ou "do" em Niterói, cidade fundada por índios e em que os artigos definidos foram abolidos das contrações com preposições. *"Você vai à casa de Beatriz hoje?"*

De bobeira: à toa, sem compromisso, passivo, perdendo alguma oportunidade. Aceita ainda as corruptelas "de bobs", "de bóbi" ou "de bobó". *"Tá de* *bobeira, merrmão?! Compra logo este livro, pô!" "Vou ficar de bóbi esse fim de semana."*

De cu é rola: fina manifestação de indignação do carioca, para ser usada em réplica a qualquer coisa da qual se discorde. *"Couvert artístico de cu é rola, merrmão! Não vou pagar!"*

Defronte: advérbio dos anos 1940 que só os cariocas usam, de formas e estilos altamente questionáveis, claro. *"O carro está parado defronte a tua casa."*

De merda: de sacanagem, para encher o saco. *"Tu tá parado aí com o livro na mão só de merda, porque tu não vai comprar, né?"*

Demorô formá: até que enfim, a galera toda junto. *"Demorô formá o bonde do rastafári."*

Demorou: ok, já é, até que enfim, concordo, vambora. Pronuncia-se "demorô" ou simplesmente "demôu".

Desce do palco: deixa de onda, desempina o nariz, baixa a bola, para de querer aparecer.

Descer o cacete: bater, dar porrada em alguém.

Desculpa: o que cariocas preferem pedir, nas raras vezes em que se arrependem de alguma grosseria, pois facilita a afirmação do sotaque, expresso na forma "dishculpa aê".

Desenrolar: carioca não resolve nada, ele no máximo "desenrola" ou vê se tem desenrolo. *"Tem desenrolo pra comprar este livro?" "Desenrolei*

com o carinha ontem..."

Dever de casa: primeira diferença que o pequeno carioca aprende em relação aos paulistaninhos, que falam (e fazem) lição de casa.

Dichavar ou dixavar: esconder, disfarçar. Serve ainda para o ato de soltar a maconha prensada para preparar o baseado. *"Dichava o livro aí, merrmão!"*

Doidaraço: muito bêbado.

Dominado: situação sob controle. Gíria com origem no funk e indiretamente na guerra do tráfico que ocorre nas comunidades onde acontecem os bailes. *"Tá tudo dominado."*

Dona Marta: favela que, originalmente, se chama Santa Marta (Dona Marta é o nome do morro em que ela está instalada).

Do outro lado da poça: em Niterói ou São Gonçalo. A poça (no caso, lê-se "pôça") é a Baía de Guanabara, que separa o Rio de Janeiro capital dos outros dois municípios.

Dôuze: numeral cardinal carioca que vem depois do 11 e antes do 13.

É: quinta letra do alfabeto carioca. O carioca percebe que está há muito tempo em São Paulo quando começa a vacilar na hora de soletrar o "é". Percebe que o caso é grave quando de fato fala "ê".

É big: uma das diferenças mais constrangedoras entre essas duas quase nacionalidades se revela na hora de celebrar o aniversário. A começar pelo nome da música cantada, que, em São

Paulo, é "Parabéns a Você" (nome oficial da música em português) e, no Rio, é "Parabéns pra Você". Enquanto cariocas perguntam "e pro fulano, tudo ou nada?" (ao que se espera que todos respondam "tudo"), paulistanos, mais concisos, objetivos e um tanto pessimistas, perguntam apenas "e pro fulano, nada?", o que se espera, da mesma forma, que seja contrariado com um sonoro "tudo". "Então, como é que é?". Enquanto os cariocas respondem "é big, é big, é big", os paulistanos optam por uma opção com tanto sentido quanto: "é pique, é pique, é pique". Cariocas em festas de aniversário em São Paulo têm vontade de correr em volta da mesa uns atrás dos outros quando essa parte da canção começa a ser entoada.

Empata: o sujeito que atrapalha, também conhecido como "empata-foda".

Enforcar: emendar o feriado.

É ruim: duvido. *"É ruim, hein?"*

Esculachar: embora seja um verbo dicionarizado, trata-se de expressão extremamente carioca, especialmente pelo ganho de sonoridade que o termo ganha quando pronunciado em bom carioquês. *"Pô, perdi, mas não ishculácha não, merrmão."*

Esculacho: substantivo relativo ao verbo acima, igualmente carioca pelo sentido que tem, mais típico de como funcionam as coisas no Rio, e sinônimo para humilhação, mas pode ser usado ainda para algo bom, como ocorre com praticamente todas as gírias no Rio. *"Aí, merrmão, este livro é ischulacho!"*

Esquema: quer dizer exatamente isso, mas precisa ser pronunciado em bom carioquês: "ishquema". Serve para falar de qualquer vantagem obtida de forma lícita ou ilícita, e também de casos sexuais. Seu uso no diminutivo, o também frequente "ishqueminha", não desvaloriza o sentido original da expressão. Pelo contrário. *"Tô com um ishquema aí para essa sêishta, que vou te dizer..."*

Estácio: a estação Sé do metrô do Rio, onde todo mundo entra e todo mundo sai do trem, para fazer integração entre as duas principais linhas do transporte metropolitano (até a entrega da linha da Barra, as duas únicas do Rio). O sonho de todo carioca é trabalhar no metrô, para poder falar *"ishtação Êshtácio, ishtação de transhferência para a Linha Doish"*.

É uma: é uma boa ideia.

Explanar: espalhar uma informação, um segredo, antônimo de "dichavar". *"Pô, aí não explana, não!" "O maluco explanou pra geral que tu tomou um toco, aí!"*

Fácil: sim, com certeza, já é. Bora comprar este livro? *"Fácil!"*

Fala sério: mantra da tribo falasserista para dizer que determinada situação é absurda. Gíria tornada nacional pelo falecido, carioquíssimo e saudoso Bussunda, com seu personagem jogador de futebol *fake* (que não podia ter outro nome que não) Marrentinho Carioca. Pode (e deve) ser falada repetidas vezes em sequência, sem nada antes ou depois, para demonstrar a intensidade da indignação. Expressão meramente retórica. Quem a ouve não deve de fato falar nada (sério) em resposta, sob pena de irritar ainda mais quem a pronuncia. *"Ih, fala sério aí..."*

Falou ou falô: tchau, mesmo que ninguém tenha dito nada. Pode ser pronunciada "falô". Serve também como "de nada", especialmente se o "obrigado(a)" tiver sido substituído por um "valeu". Nesse caso, usa-se o ditongo completo quando na forma oral: "falôôuu". Pode ter finalidade irônica ainda, equivalente a um "cê jura?". *"Tá, este livro mudou sua vida... Falô!"*

Fanta: gay não assumido. *"Essa Coca é Fanta, hein?"*

Farofeiro: quem mora longe da praia e leva comida (frango com farofa, originalmente), bebida, brinquedos e a família toda.

Fazer um gato: fazer instalação ilegal de luz, água ou TV a cabo, a "TV a gato" ou "gatonet".

Fechar: aderir à posição de alguém. *"Tamo fechado contigo!"*

Fechar o tempo: engrossar, ficar bravo com alguém. Afinal, não há violência maior para o carioca do que a chuva chegar e acabar com a praia. *"Ih, o cara ali fechou o tempo..."*

Figura: sujeito engraçado ou alguém cujo nome você não lembra. Eventualmente pode também ser promovido a "doutor". *"Fala, figura!"*

Filé: mulher gostosa. Fino, não? *"É ou não é? A mãe loira é um filé."*

Fim de festa: "acabou", lugar sujo, bagunçado, decadente, abandonado, marcando mais um exemplo clássico das divergências de prioridades entre Rio e São Paulo, onde a expressão equivalente é "fim de feira".

Flamengo: bairro e maior torcida do Brasil (espero que o verbete ajude a alavancar as vendas deste livro). Dizem que os registros históricos de mais alto barulho ininterrupto nas madrugadas do Rio foram feitos após o referido time de futebol ganhar o Campeonato Brasileiro, o Carioca, ou mesmo uma partida na praia contra o Vasco. Da mesma forma, as noites mais silenciosas do estado costumam ser registradas após alguma derrota do time (a não ser que seus torcedores considerem que foram roubados pela arbitragem).

Foda: adjetivo que serve para tudo, com conotação negativa ou positiva. *"Essa mulher é foda!" "Minha ex-mulher é foda..."* ou, simplesmente, *"É foda..."*

Formô: o relativamente novo "é isso aí" do carioca, frequentemente substituído por "já é", para mostrar que a coisa está mais do que formada, que ela já existe.

Fortalecer: ajudar o outro, eventualmente com dinheiro. *"Fortaleceu, hein,* *piloto?!"*, depois de o motorista do ônibus te deixar descer fora do ponto.

Fradinho ou míssil: blocos de ferro ou concreto que tentam impedir que o motorista carioca estacione ou mesmo transite pelas calçadas com seu veículo.

Frescão: o ônibus executivo (com ar-condicionado, assentos acolchoados) de linhas especiais. O apelido é uma homenagem ao sotaque do carioca, que faz questão de pronunciar "freshcão".

Fruta-do-conde: pinha.

Fugão: eletrodoméstico utilizado para cozinhar nas casas cariocas, já que "fogão", pronunciado com "o", mesmo no Rio é só o time alvinegro.

Fui: tô indo embora.

Galera: a turma do carioca. Use dois ou três "é" na hora de falar. *"Fala, galéééra..."*

Garçom: aristocrata que habita restaurantes do Rio e que, de vez em quando, se dá ao trabalho de te atender, com a empáfia clássica dos nobres, já que é você que o está incomodando. Prefere ser chamado de amigão, chefia, camarada ou parceiro. Na verdade, mesmo, prefere não ser chamado. No entanto, poderá virar seu melhor amigo (com a vantagem de ainda levar cerveja até sua mesa) se você chamá-lo pelo nome e corresponder à amizade.

Garganta: mentiroso, só fala.

Garotinho: chope pequeno e nome de político.

Garoto ou garoto novo: ingênuo, inexperiente, sabe de nada, inocente. *"Ih, cara, isso aí é garoto novo..."*

Gata e gato: mulher e homem bonitos, ou vocativos entre amigos. *"E aí, gata? Tá pronta?"*

Gema: de onde vêm os cariocas de raiz. Equivalente a Mooca em São Paulo.

Geneal: tradicional cachorro-quente da cidade, originalmente vendido em carrocinhas nas praias e na porta do Maracanã, e ressuscitado dos anos 1970. Apesar do ufanismo carioca a respeito, consiste em pão de cachorro-quente e salsicha de cachorro-quente (no qual você pode adicionar, para inovar, ketchup ou mostarda).

Geral: todo mundo, possivelmente em homenagem à finada geral do Maracanã, aplicada sem uso de artigo ou pronúncia precisa das palavras, no masculino ou feminino. *"Espalha pra geral!" "Geral tá bolado contigo, irmão."*

Goiaba: como o sujeito fica depois que vai ao Posto 9 no Rio.

Guerra: pegação, azaração, gente bonita e clima de paquera, ninguém é de ninguém, sejam felizes. *"Tô na guerra, merrmão!"*

Guimba: resto, o filtro queimado do cigarro.

Identidade: igual à carteira. Se um carioca disser que "perdeu a identidade", não significa que ele esteja passando necessariamente por uma dúvida existencial, mas apenas que ele não sabe onde está seu documento de identificação.

Iorgute: como alguns cariocas pronunciam o nome do alimento lácteo fermentado, enchendo seus compatriotas de orgulho. *"É a bala de iorgute! Na minha mão é mais barato!"*

Irado: sinônimo de "maneiro". Qualquer coisa legal é "irada, aí..."

Irmão: variável para o vocativo "merrmão", não necessariamente utilizado para uma pessoa pela qual se tenha algum apreço.

Jacar: encravar, aprofundar, enfiar o pé na jaca. Comer e/ou beber pra caralho. *"E aí? Bora jacar onde hoje?"*

Já é: quando se tem certeza sobre algo. Bora lá hoje? *"Já é."*

Joelho: salgado massudo recheado com queijo e presunto, sabe-se lá o motivo do nome, embora algum carioca possa tentar te convencer de que se deve ao formato, similar ao de uma rótula do joelho, como se ele já tivesse visto alguma na vida, ou seja, um especialista em anatomia humana. Em Niterói é chamado de italiano, também sem qualquer explicação convincente para isso (sem falar de Teresópolis, onde o salgado é chamado de "nata de presunto e queijo").

Jovem: mais uma gíria carioca dos anos 1960 ou 1970, para chamar um amigo de qualquer idade.

Lanternagem ou lanterneiro: oficina e mecânico especializados em tirar os amassados de carros, atividade altamente demandada por cariocas. O nome da profissão e da atividade data do século XVIII, quando cabia a esses profissionais a fabricação de lanternas para iluminação de casas, ruas e navios. É curioso que a mesma atividade em São Paulo é chamada de funilaria (e seus profissionais são chamados de funileiros) porque seus primeiros profissionais saíram da fabricação de funis para alambiques. Cada cidade homenageia o profissional que sua população mais reverencia.

Lata: cara, rosto. *"E você fala isso assim, na minha lata?"*

Leblon: principado situado no litoral da zona sul que serve de cenário para novelas.

Leque, léqui ou léski: no Rio, corruptela de gosto questionável para o já informal "moleque". Inestimável contribuição da galera do miguxês da internet para a língua portuguesa.

Levar bola: aceitar receber dinheiro para fazer algo ilícito, vulgo suborno.

Levar bola nas costas: ser passado para trás.

Limãozinho: a cachaça misturada com limão que acompanha a feijoada, especialmente às sextas-feiras. O apelido carinhoso faz o hábito ser mais socialmente aceito, inclusive pelo seu chefe, que pode estar almoçando no mesmo lugar.

Linha: algo que o carioca perde quando faz algo muito idiota, sem noção, sem pensar, possivelmente inspirado na época em que bondes circulavam pela cidade. *"Fulano perdeu a linha ontem."*

Liso ou arame liso: aquele ou aquela que não pega ninguém.

Lôxa ou lôxas: aquele que faz tudo errado. Ou que não faz nada. A origem nada incerta é do conhecido diálogo entre homens maduros em que um pergunta se o outro conhece o *Lôxas*. *Que Lôxas?* Aquele que botou nas suas coxas. E a vida segue. *"Quem desligou o ar-condicionado?! Ah, foi o Lôxas, né?"*

Maçarico: apelido carinhoso para o sol durante o verão. *"Pronto, já ligaram o maçarico."*

Maciota: gíria idosa do subúrbio para "tranquilidade", "sem esforço". *"Fiquei na maciota hoje."*

Mala: sujeito chato. Pode evoluir para "mala sem alça", "mala sem alça ensaboada na chuva" ou "contêiner". Difícil de carregar, portanto.

Malhar: o sucesso da novela *Malhação* no Rio não é de graça. Carioca adora dizer que vai malhar, mesmo que vá só caminhar na esteira da academia. E diz que vai correr mesmo quando vai só passear na praia.

Maluco: qualquer pessoa, independentemente de diagnóstico psiquiátrico. *"O maluco já foi pro trabalho."*

Maluquinho: aí, é doidinho mesmo. *"O maluquinho se perdeu."*

Mandada: o novo "vagabunda" (by Valesca Popozuda).

Mandar: fazer, falar, tocar, cantar, enfim, qualquer ação, porque cariocas não são autoritários. *"Mandei um sambinha maneiro."* *"Ele mandou um caô e você caiu."*

Mandar bem: resolver as paradas, ter um bom resultado. *"Mandô bem, hein?!"*

Mandar mal: cometer uma gafe, atrapalhar um "esquema", não resolver as paradas.

Maneiro: gíria clássica carioca para dizer que algo é muito bom, sensacional. Admite o superlativo e super-carioca "maneiríssimo" para não deixar dúvidas sobre a sua empolgação a respeito do assunto. Mas eu tenho certeza de que você não sabia que o significado da expressão original no dicionário é "fácil de ser manejado, manual, portátil, leve, jeitoso".

Mangueira: além de tradicional morro e sua escola de samba, a que molha o jardim, que os paulistanos chamam de "borracha".

Manja: gíria setentista carioca para "entendeu?", "sacou?"

Manjar: verbo para o homem que observa (discretamente ou não) o órgão genital masculino de outro, a fim de estabelecer uma comparação de volume com o seu. Sim, o Rio tem um verbo específico para esse hábito, pelo qual o sujeito pode ser apelidado ainda de "manja-rola" ou "manja-pica".

Mar: além de entidade sagrada, é advérbio de intensidade, usado no lugar de "mais". Vale também como conjunção adversativa equivalente a "mas".

"Este é o livro mar legal que eu já li!"

Marcar: "marcar bobeira", dar mole. *"Aí, merrmão, tu tá marcando que ainda não comprou este livro, aí..."*

Marcar um dez: esperar (ou contar) dez minutos, à toa, ou por alguém. "Marca um dez e sai de casa, estou quase pronto."

Marrento: adjetivo difícil de explicar para quem nunca viu um carioca, muito fácil para quem convive com um. Refere-se ao sujeito "cheio de marra", metido, confiante em excesso, até arrogante às vezes, que tira onda, em geral com relação à força física, mas não necessariamente. Também pode ser aplicado à mulher carioca "marrenta". *"Pô, esse Romário é cheio de marra."*

Mate: pronuncia-se "matchiiiieee" e deve ser tomado misturado com limonada, ambos já com bastante açúcar e vendidos pelos ambulantes que carregam enormes latões na praia.

Média: embora o significado para "café com leite" esteja nacionalizado, por vezes o carioca usa a expressão para o combo que inclui o pão na chapa com manteiga.

Me erra: me esquece, me larga, não enche, "vê se me erra" na versão completa.

Meio-fio: limite entre a rua e a calçada, a "guia" dos paulistanos. A internet explica que o nome deriva do fato de que, no passado, as ruas tinham uma canaleta central para onde convergia a água da chuva, o tal fio de água. Com o passar dos anos, as pistas de rolamento passaram a ser construídas sem a canaleta e com uma inclinação para as laterais a partir do centro, dividindo o fio de água em dois (e você achando que não iria aprender nada com este livro, hein?).

Me liga: não me liga. Versão telefônica do "passa lá em casa", dita a quem não tem o seu número.

Menor ou dimenor: embora a expressão seja nacional como adjetivo pejorativo, é também utilizada como vocativo carinhoso para jovens no Rio. *"Fala, menórr! Tem que ishtudar, hein?"*

Mercadão: o de Madureira, onde é possível comprar absolutamente qualquer coisa.

Merendeira: variável carioca para a "lancheira" que o pequeno cidadão do balneário leva para a escola. Como paulistano só pensa em trabalho, em São Paulo o título é usado apenas para a profissional, em geral mulher, que faz a comida nas escolas públicas. Por essa lógica, "lancheira", em São Paulo, deveria ser a dona que prepara sanduíches.

Merrmão: embora signifique a contração de "meu irmão", pode ser usada para chamar tanto homens quanto mulheres, não necessariamente amigos. Deve ser pronunciada com bemol no "ã" e de forma beeeeem alongada. O carioca percebe que está há muito tempo morando em São

Paulo quando começa a chamar os desconhecidos de "moço" e "moça", quaisquer que sejam as idades deles.

Merrmo: mesmo.

Meter: carioca não pega nada de ninguém. Quando ele quer algo que seja de outra pessoa, ele, simplesmente, "mete" (mas, em geral, para coisas de baixo valor, tá?). "Aí, merrmão, meti aquele copo lá do restaurante!"

Meter essa: contar uma mentira ou uma ideia ruim. *"Ah, Jorge, não mete essa!"*

Meter o pé: carioca não sai de um lugar, ele "mete o pé", não se sabe direito onde ou em quem, mesmo que ele não tenha carro e, portanto, um acelerador. Expressão provavelmente derivada da mais antiga "meter o pé na estrada". *"Vou meter o pé para a Barra daqui a pouco!" "Mete o pé daqui, merrmão!"*

Mineirinho: refrigerante feito à base de chapéu-de-couro, erva de cuja existência o cidadão fluminense só se dá conta graças à marca. Fabricado em São Gonçalo e, por isso mesmo, só encontrado à venda em Niterói. Apesar do preconceito de muitos cariocas que nunca provaram a bebida, tem gosto de infância para quem tem ou teve família morando do outro lado da ponte.

Mó: o maior. *"Tô no mó sono, aí..."*

Monografia: como os cariocas chamam o TCC, mesmo que seja um vídeo.

Monstro: evolução do "animal", vocativo masculino utilizado entre amigos. Aceita variações sem sentido como "choque de monstro" ou "Ploc Monster".

Morrer: admitindo que o carioca tem vocação para o conflito armado e que a pegação é considerada uma guerra no Rio, trata-se quase de um elogio para dizer que alguém é atraente para você e merece ser abatido(a). *"E aí? A nova estagiária morre?" "Morre fácil!"*

Mulambada: denominação carinhosa da torcida do Flamengo dada pelos rivais, claro. É preconceituoso, mas qual apelido no futebol não é?

Mulão: um grupo de muita gente chegando a algum lugar, sinônimo de "bonde", outra gíria com origem no funk, mais especificamente dos trenzinhos de pessoas dançando juntas, chamados de "mulas".

Mulé: mulher.

Na faixa ou 0800: tipo de evento preferido dos cariocas. Se os paulistanos têm a fita de "nós na fita", os cariocas têm a faixa para dizer que o evento é "na faixa" ou "zero-oitocentos" (em referência ao prefixo dos cada vez mais raros serviços de atendimento com ligação gratuita), quando é tudo liberado. Pode ser trocada ainda por "vascão", em referência ao uniforme do time de futebol, que sempre fica em segundo lugar no Rio.

Na moral: "pode acreditar", expressão para passar credibilidade ou convencer alguém sobre algo que está sendo falado. *"Vamos lá, na moral."*

Não fode: não sacaneia, tá de sacanagem, não acredito. É o que o carioca morador de São Paulo diz quando o avião da ponte aérea sobrevoa a Baía de Guanabara e ele percebe a vista que está perdendo em São Paulo. Pode ser mais educadamente substituído por "não força".

Nêgo ou Neguinho: qualquer um, independentemente de raça, cor ou classe social. Sem entrar no mérito da origem da gíria. *"Neguim se acha muito ishperrto…"*

Negódi: corruptela de "negócio de" para falar "dizem que", "aproximadamente" ou qualquer outra expressão imprecisa para começar uma frase dando alguma credibilidade. Pode ser usada como sinônimo de "papo de", que veremos mais adiante. *"Negódi livro sobre Rio e São Paulo, parece."*

Nem, Ném ou Néin: apelido para qualquer pessoa. Tão popular que virou até nome de traficante. Como faz parte da tradição oral apenas, é muito difícil saber a forma escrita correta do apelido. *"Aí, Ném! Chega aí!"*

Neném: palavra que os cariocas usavam antes do abreviado "ném" para apelidar qualquer pessoa e para chamar os bebês cariocas. Se fosse no Rio, a escola de samba paulistana *Nenê de Vila Matilde* se chamaria *"Neném (ou Ném) da Rocinha".*

Nescau: qualquer achocolatado. Curioso que paulistanos falam "Toddynho" para a mesma finalidade, o que leva a crer que os cariocas certamente escolheram a marca que mais permitiria valorizar o próprio sotaque na hora de ser pronunciada.

Night: programação noturna e forma de lembrar como os anos 1980, quando a gíria foi popularizada, foram cafonas. Como o Brasil e falar português estão na moda, já é comum muita gente falar simplesmente que "vai para a noite" ou substituí-la pela paulistana "balada".

Nikiti: Niterói, para os íntimos (ou seja, os cariocas), possivelmente sob influência da escrita original, Nictheroy.

Ninguém merece: frase para ser dita diante de um sujeito chato ou uma situação incômoda.

No capricho: expressão que o carioca coloca ao fim de qualquer pedido no bar ou no restaurante, como se isso garantisse um preparo especial ou uma quantidade extra de qualquer coisa.

No esquema: tudo pronto. *"Tá no esquema!"*

Noitada: a "night" do niteroiense. *"Bora fazer noitada hoje?"*

No tiro: cobrança do táxi com o taxímetro desligado, ou seja, irregular.

Novinha: a menina bonita e jovem, eventualmente menor de idade, na gíria do funk do Rio. Normalmente usada em expressões de surpresa, como "que isso, novinha, que isso?"

Num tô podendo: não tô a fim, não enche o saco, não aguento mais, com sentido negativo ou positivo irônico. *"Num tô podendo com este livro, cara, é muito bom!"*

O bicho: gíria extinta nos anos 1990 para dizer que algo era muito bom, fora do comum, ou eventualmente difícil. Enfim, era o "sinistro" de décadas atrás. Alguns desavisados ainda enfiavam uma preposição na gíria e virava "do bicho". *"Caraca, merrmão, um dia eu vou fazer um livro sobre as gírias do Rio e de Sampa, bróderr. Vai ficar o bicho!" "É o bicho!"*

Odara: "sei lá, mil coisas". Inspirado na música de Caetano com o mesmo nome, o carioca, quando não sabe como descrever uma situação, pode recorrer à expressão.

Ó do Borogodó: situação complicada, desagradável, lugar confuso. Deu origem à expressão "uó". *"Isso aqui tá o ó do borogodó, hein?"*

Ó o auê aí, ó: forma de incluir todas as vogais de uma só vez na mesma frase, e como os paulistanos juram que os cariocas falam.

Opa: o "oi" da galera mais antiga.

Ó só: expressão derivada e resumida de "olha só", que anuncia que uma frase carioca será pronunciada na sequência. Equivalente ao "aí", que também pode ser aplicado na forma "aí ó".

Pancadão: funk.

Papa-goiaba: o cidadão nascido em qualquer outra cidade do estado do Rio de Janeiro que não a capital. Apelido preconceituoso e não unânime, provavelmente inventado por algum carioca para marcar que quem nasce no Rio é uma coisa e que quem tem origem em outras cidades fluminenses é outra, mais próximo do campo. O gentílico é mais utilizado para se referir aos niteroienses (para marcar que não são cariocas, apesar de morarem tão perto) e aos cidadãos de Campos dos Goytacazes, para deixar claro quem é da mesma cidade do ex-governador Anthony Garotinho.

Papo de: símbolo matemático carioca para dizer "aproximadamente", "em torno de", "com chances de". *"Ih, merrmão, aí é papo de milhão..."*

Parada: qualquer coisa, sem necessidade de ser flexionado no plural. *"Pega as parada aí."*

Paraíba: nordestino, originalmente, mas utilizada para qualquer coisa brega, cafona ou fora de moda. Gíria originalmente preconceituosa, mas não é a única, nem exclusividade do Rio. *"Ah, merrmão, olha só a paraibada que ficou essa tua roupa."*

Parceiro: mais um vocativo carioca para chamar um amigo ou um simples conhecido. Em São Paulo, virou "parça".

Partiu: "ok", equivalente ao "fui". Pode ser usado também para fazer um convite. Quando há muita convicção, é possível usar ainda "partiu feroz". Ou de onde você acha que surgiu o "partiu academia" das redes sociais? E o "partiu praiana"? E o "partiu circo"?

Passa lá em casa: "gosto de você, mas a gente se fala na próxima vez em que se encontrar por acaso, pois tenho preguiça de marcar algo e medo de não ter assunto com você a noite toda, além de ter outros amigos mais próximos para ver antes, embora possa ser bastante legal se um dia rolar de a gente sair para beber sem a gente programar antes".

Passar o rodo: pegar geral.

Patrão: qualquer coisa boa/sofisticada, ou quando a pessoa está no conforto, equivalente ao "galã" paulistano. *"Essa comida tá (de) patrão, hein?" "Hoje eu vou ficar de patrão..."*

Peganinguém: autoexplicativo, é aquele ou aquela que não "pega ninguém", não tem sucesso sexual, condição que o carioca jamais admite sequer conhecer.

Peida: orifício anal. Afinal, é o feminino de peido. Já dicionarizada. *"Ah, vai tomar na peida."*

Peidar: desistir, dar para trás. *"Ó, peida não, hein?"*

Peixe: vocativo para camarada, chapa, amigo, mas que só o Romário usa. *"Fala, peixe."*

Pela-saco: chato, inconveniente e sem conhecimento disso. Deve ser lido com acento agudo no "e". *"Meu novo chefe é um péla-saco."*

Perdeu: ser prejudicado, roubado, levar um pé na bunda. *"Aceita que tu perdeu, merrmão."*

Perdeu, playboy: o novo "sifu", popularizada pelos gatunos na obtenção ilícita dos bens alheios. É o que o ladrão diz quando pega o celular de alguém. Porque, no Rio, não basta roubar, é preciso se vangloriar a respeito.

Perrengue: carioca não tem problemas. No máximo, passa por uns "perrengues". Nada que o impeça de espalhar essa expressão pelo resto do país.

PF: prato feito, o que os paulistanos chamam de "comercial".

Pico: algo muito bom, podendo até mesmo se referir a um lugar, como em São Paulo. Em desuso.

Pilha: carioca não tem vontade de fazer alguma coisa, "tem pilha". Não fica tenso, fica "pilhado", ou, no máximo, "ishtressado", para valorizar o sotaque. *"Tô na pilha de ler este livro."*

Pilhar ou botar pilha: zoar, incentivar alguém a fazer algo, errado ou não, no Rio.

Piloto: motorista de ônibus, não só pela sua habilidade, mas pela velocidade em que transita. O carinhoso apelido data do pós-falecimento do Ayrton Senna (bela homenagem, não?). Também atende pela variável "motóra".

Pintoso: o carioca heterossexual nunca acha outro homem bonito. O máximo de elogio que ele se permite fazer é dizer que alguém é "pintoso", sem que isso tenha qualquer coisa a ver com os dotes sexuais do homem objeto (opa!) do comentário. *"Tá, o*

Malvino Salvador é pintoso."

Pipa: papagaio, no Rio. O brinquedo, não a ave.

Pipoco: tiro.

Pista: rua, porque o Rio tem piloto, não motorista. Também é o lugar onde fica quem levou um fora, está na caça, ou disponível para relacionamentos, casuais ou não. Importante pronunciar "pishta". *"Putz, ela me deixou na pista." "Tô na pishta!"*

Pitboy: moleque forte briguento. Inspirado na semelhança física e de atitude com cachorros do tipo pitbull, que muitos deles possuem como bichos de estimação, estimulando a agressividade nos animais (os cães, no caso) contra outras pessoas.

Pivete: jovem marginalizado que comete pequenos furtos nas ruas. É o que os paulistanos chamam, numa forma tão preconceituosa quanto, de "maloqueiro".

Play: é de pequeno que se aprende a falar expressões em inglês, especialmente para os momentos de lazer. Se os adultos cariocas saem para a "night" é porque, provavelmente, durante a infância brincaram muito no "play" ou "playground", que em São Paulo é só "parquinho" mesmo. É daí que vem a expressão "se não sabe brincar, não desce pro play".

Playboy: revista masculina de conteúdo adulto... Tá, tá. É o apelido do sujeito boa-vida, não necessariamente endinheirado, que passa o dia na praia, como os paulistanos acham que ocorre com todos os cariocas. É o coxinha na versão carioca: com chinelo e bermuda na praia.

Pôça: reservatório involuntário de água de chuva nas calçadas e·ruas, ou simplesmente como os cariocas pronunciam "poça", que também é o apelido da Baía de Guanabara.

Pode crer: concordo.

Point: lugar legal, ou melhor, ponto da praia, até os anos 1990.

Popozuda: no funk, mulher de bunda grande.

Porra: início de frase (qualquer uma) no Rio.

Porra toda: superlativo absoluto no carioquês. *"Fulano é o dono da porra toda!"*

Porranca: bebedeira, porre homérico.

Povo: turma, para um grupo não tão próximo, cujos nomes você logicamente não lembra. *"Tem visto o povo?"*

Pra caraca ou pra cacete: muito. *"Nossa, este livro é legal pra caraca!"*

Prado Júnior: a Rua Augusta do Rio, quando a Rua Augusta de São Paulo ainda era "a Rua Augusta" (não a do Roberto Carlos, em que era possível transitar a mais de 30 km/h), cheia de "boates", "american bar", "boates de striptease", "casas de tolerância" e outros eufemismos para puteiros. Também é lá que fica o *Cervantes*, tradicional bar que serve o também tradicional sanduíche de pernil com queijo e abacaxi (que hoje aceita variações de outros tipos de carne).

Praia de paulista: Avenida Paulista, shopping center ou Ibirapuera.

Praiana: praia para os íntimos (quem mora na zona sul). *"Praiana hoje?"*

Prata: unidade monetária carioca dos anos 1970 ainda em circulação, apesar da desvalorização acumulada no período que impede seu uso no plural. *"Dez prata neste livro? Tá maluco?"*

Prego: mané, otário, o cara que acabou de chegar ao Rio e ainda não está ligado "nas malandragi". O que um prego faz quando você o coloca na água? Afunda. Gíria de origem no surfe para o cara que não consegue pegar onda bem. Afinal, todo carioca já nasce em cima de uma prancha, claro.

Preparada: mulher com corpo malhado na academia, ou experiente. Outra gíria do funk.

Pré-vestibular: carioca tem vários recursos à sua mão para entrar na faculdade. Além do "cursinho", como faz o país todo, diz que faz "pré-vestibular", mas o programa é o mesmo.

Proibidão: funk que exalta a violência.

Puro: sóbrio, com provável origem nos cultos evangélicos, em geral para dizer que o sujeito está possuído e não "purificado". *"Ih, esse cara aí não tá puro, não, hein?"*

Puta merda: adereço do lado interno do carro, que recebe o nome da expressão muito utilizada quando se recorre a ele como item de segurança em curvas acentuadas e freadas bruscas. Também chamado (não sei por quem) de "puxador coluna".

Putz: interjeição usada em forma solo ou ao fim da frase com reticências, para quando algo dá errado. Pronuncia-se, preferencialmente, "pâtz" ou "puutz", valorizando a vogal bem aberta, como se você estivesse na praia. Não é uma gíria exclusiva do Rio, mas essa pronúncia, sim.

Quadro: quadro-negro (na verdade, verde ou branco atualmente), lousa, em São Paulo.

Qual é: e aí? Beleza? Cumprimento que pode ainda ser complementado na forma "qual é a boa?", como se perguntasse o que há para fazer de bom. Pode ser conjugado no futuro também, para saber o que vai acontecer. *"E aí? Qual vai ser da festcheeenha do fim de semana?"*

Quebra-molas: para o trânsito do Rio, não bastam as "lombadas" de São Paulo, é preciso ameaçar a integridade do sistema de amortecimento do carro para o sujeito andar mais devagar.

Quebrar: resolver um problema, "quebrar o galho", pendurar uma conta. *"Aí, merrmão! Quebra essa pra mim aí?!"*

Quebrar tudo: arrasar, mandar muito bem em alguma coisa.

Que mané: sujeito a quem são atribuídas todas as besteiras que são faladas por alguém. *"Que mané bolacha,*

merrmão?! É bishcoito!"
Queimado: o jogo de "queimada" no Rio.

Quengo: cabeça. *"Putz, ele levou uma pancada no quengo!"*

Quentinha: embalagem de comida. Serve tanto para a comida que se leva para o trabalho quanto para a que sobra no restaurante e a pessoa carrega para casa (ué, vocês não fazem isso?).

Querido: qualquer um. Vocativo para um grande amigo ou pessoa com quem o carioca não tem muita intimidade (leia-se: não lembra o nome), podendo ser usado em conjunto com pronome possessivo para torná-lo mais enfático. *"Fala, meu querido!"*

Radical: o "irado" dos anos 1980, período em que a gíria foi muito utilizada para dizer que algo foi ousado, admirável. A expressão teve seus dias de glória ao participar de uma novela da Globo, *Fera Radical*, em referência à personagem vivida por Malu Mader. Ao fim desse período, se aposentou como parte do título de um programa de televisão, *Radical Chic*, inspirado na personagem homônima dos quadrinhos do cartunista brasileiro Miguel Paiva. Foi vista pela última vez vivendo esquecida no Retiro dos Artistas.

Rala peito: ir embora de um lugar, em geral rápido e sem intenção de voltar. A gíria tem origem nos quartéis e nos soldados mais fracos, que muitas vezes acabavam ralando o peito na hora de pagar flexões como punição. Muitos acabavam desistindo do serviço. Hoje usa-se apenas "ralar", e vale para homens e mulheres. Pode ser substituída por "vaza". *"Rala daqui, playboy!"*

Rapa: fiscal da prefeitura acompanhado de guardas municipais, com a função de apreender mercadorias irregulares de vendedores ambulantes, vulgo camelôs.

Rapá: corruptela para "rapaz", mas que serve tanto para homem quanto para mulher (rapariga?) e ajuda a dar o tom agressivo da fala carioca. *"Quem falou que a boca é tua, rapá?" "Fala, rapá! Quanto tempo!"*

Raul: quem os cariocas chamam quando bebem demais. Na privada. *"Rauuuuuulllll!"*

Rauli: o cara que não é daquela área. Outra de origem no surfe, para o surfista que vem de outras praias. *"Ih, tá cheio de rauli aqui hoje..."*

Real: substantivo comum carioca para dizer que algo é verdadeiro. *"Na real, eu queria merrmo é estar na praia." "Ih, toca a real logo para esse cara, de que não vai rolar..."*

Rebouças: é "o" Rebouças, pois é o nome do túnel, e não "a Rebouças", amigo paulistano.

Responsa: pessoa de confiança, gente boa. *"Fulano é responsa!"*

Rodar: ser pego, ser descoberto, ser preso. Pela polícia, pelos pais ou pelo cônjuge.

Rola: pássaro que habita as calças do carioca. Lê-se "rôla".

Rolar: dizer que algo é possível ou que vai acontecer mesmo. Gíria hoje já exportada para todo o país, mas alguém duvida de que seja uma legítima expressão carioca? Estão aí Claudio Zoli e sua banda, "Brylho", para não me deixar mentir. *"Na madrugada, a vitrola rolando um blues, trocando de biquíni sem parar..."*

Rolé: dar uma volta na região ou no ambiente (não em uma pessoa), com sentido próximo ao do anasalado "rolê" paulistano, mas menos amplo.

Roleta: catraca. Cariocas nunca superaram o fim dos cassinos no Brasil e precisaram recolocar no mercado de trabalho algumas palavras.

Ruim: nada é ruim no Rio. As coisas podem ser, no máximo, "rúins", como na já popularizada expressão "é rúim, hein?", com acento agudo no "u".

Saara: a 25 de Março do Rio, onde os cariocas vão para comprar de material escolar a fantasias de Carnaval por preços mais baixos do que nos demais comércios da cidade. Apenas o calor do local durante o verão é similar ao do deserto de mesmo nome. Pouca gente sabe, mas o apelido da região é uma sigla para Sociedade de Amigos das Adjacências da Rua da Alfândega. Ou seja, a Saara é menina.

Sacolé: além do tradicional suco congelado vendido dentro de saquinhos plásticos na praia, especialmente para crianças, é a expressão que o carioca utiliza (também na praia) para se certificar de que seu interlocutor está compreendendo o que está sendo dito. Corruptela carioca para "sabe qual é", podendo ainda ser dita na forma "sacoé", sempre com interrogação. *"Comprei aquele livro manero que compara Rio com São Paulo, sacoé?"*

Sacou ou saca: ponto final ou de interrogação, espécie de "câmbio", que o carioca usa para testar o canal de comunicação, tipo o "tá ligado" paulistano. *"Merrmão, tô paradão na daquela garota, sacô?"*

Sagaz: sinônimo de "ishpérrto". Pronuncia-se "sagáish", elogio extremamente carioca para alguma malandragem que deu certo, ou para uma pessoa inteligente.

Saigon: São Gonçalo.

Saltar: descer do ônibus, do elevador, do trem, do metrô ou da escada rolante. Verbo certamente inspirado no movimento que o carioca precisa fazer para sair do busão, que possivelmente continuará em movimento, apenas com velocidade reduzida, quando passar pelo ponto ou se for te largar fora dele.

Sampa: apelido que só cariocas e Caetano Veloso usam para se referir a São Paulo. Aliás, poucas coisas decepcionam tanto na vida quanto visitar a esquina das avenidas Ipiranga com a São

João e ver que ela é igual a qualquer outra esquina derrubada do Centrão, à exceção do fato de ter um Bar Brahma.

Sangue bom: gente boa.

São Jorge: aquele ou aquela que só fica com dragão, além de novo santo favorito dos cariocas depois que virou feriado estadual.

Sapatinho: discretamente, eventualmente para fugir de alguma autoridade, como a polícia ou a sua mulher. Variação de "miudinho", gíria igualmente nascida no subúrbio. *"Cheguei lá no sapatinho, sem ninguém perceber..."*

Saporra: mulher do sapo e contração carioca da expressão polida "essa porra" para algo que está incomodando. Em uma situação mais complexa, deriva para a locução "saporra toda". *"Saporra de fazer livro falando do bairrismo carioca vai dar merda..."*

Sarado: sujeito com corpo definido, estilo "tanquinho", mesmo que não tenha ficado doente.

Sartar fora: ir embora.

Seguinte: expressão de tom professoral totalmente dispensável usada pelo carioca quando quer ganhar tempo numa fala. *"O negócio é o seguinte: quando eu cheguei lá, tu já tinha ido embora."*

Sensação térmica: eufemismo para o sentimento de maçarico na cabeça que o verão dá aos cariocas quando os termômetros marcam 45° C e as pessoas acham que está fazendo 60° C, pois, acima dos 39° C, já não é possível sentir mais nada mesmo.

Sete-Rio: pronúncia adequada para o nome da CET-Rio ("sétirriu"), e não "Cê-É-Tê", como um paulistano, intuitivamente e tentando se adaptar ao sotaque carioca, poderia supor.

Sete-um ou 171: pilantra, picareta, malandro, bandido, em referência ao artigo 171 do Código Penal, que tipifica o estelionato.

Show ou show de bola: carioca é um bicho espalhafatoso. Por isso, quando ele gosta de algo, acha que já é motivo para um grande evento e fala "show de bola" ou, simplesmente, "show". Gíria já exportada para o resto do país. *"Nossa, este livro é show de bola!"*

Sinal: farol de trânsito ou semáforo.

Sinistro(a): originalmente, qualquer situação perigosa. Com o tempo, ou talvez porque o Rio passou a ser uma cidade sem violência, afinal a palavra "sinistro" foi direcionada para outras utilidades e passou a designar tanto coisas boas quanto ruins.

Situação: mais um curinga, que serve para qualquer coisa indefinida e substitui qualquer palavra. *"Olha a situação..." "Isso aqui tá uma situação..."*

Só: já é, pode crer. Deve ser usada de forma solta, como uma frase completa com início, meio e fim, preferencialmente depois de passar pelo Posto 9, em Ipanema, para falar mais devagar.

Só marcar: quando um carioca fala que "é só marcar", ele quer dizer exatamente isso, que ele só vai marcar com você, mas não vai, de jeito nenhum, comparecer.

Style: bem arrumado. *"Tu tá ishtáile hoje, hein?!"*

Subir: enquanto em São Paulo usa-se o "descer" para falar da viagem de fim de semana para o litoral, o que se justifica pela geografia e pelo relevo do estado, o carioca diz que "vai subir" quando vai pegar a estrada para sua casa na serra. De tão habituados a usar a expressão, alguns cariocas a utilizam mesmo quando vão para um destino que fique igualmente no nível do mar. *"Tu vai subir pra Búzios este fim de semana?"*

Suburbano: quem quer que more fora do eixo zona sul-centro.

Subúrbio: carioca jura que o Rio não tem periferia. Deve ser porque se acostumou a chamá-la de subúrbio, palavra que acabou ganhando conotação significativa por aqui, diferentemente do que ocorre nos países com economias desenvolvidas, em que morar no subúrbio é sinônimo de ter uma vida mais tranquila e numa casa maior, já que é possível chegar ao trabalho em menos de uma hora mesmo assim. Como se o Rio fosse apenas a praia.

Sunda: o primo do "Lôxas".

Swell: gíria antiga para boas ondas, mas essa é usada apenas por surfistas mesmo, se é que alguém ainda fala isso.

Tangerina: a mexerica, quando vendida no Rio.

Tarra: pretérito imperfeito (mesmo) do verbo "tar" na primeira (ou na terceira) pessoa carioca do singular. *"Tarra escrevendo este livro quando me lembrei disso."*

Tchutchuca: mulher gostosa. Outra gíria do funk em desuso (graças a Deus).

Tempo: unidade carioca de tempo, comparável a minutos, segundos, horas ou dias. *"Eu vou e volto em dois tempos!"*

Te vira: "o problema é teu", podendo ser substituído também por "dá teu jeito".

Tenso: interjeição adolescente para alguma situação esquisita ou que dá errado. "Téinso..."

Tigrão: sujeito pegador. Também do funk e razoavelmente esquecida (ainda bem).

Tipo ou tipo assim: vírgula, tipo, quando o adolescente ou, tipo, a garota quer falar, tipo, um negócio e, tipo, não sabe como.

Tirar onda: contar vantagem, coisa que os cariocas mais gostam de fazer na vida. Também serve para o sujeito que finge ser algo que não é. Outra gíria do surfe, para o cara que rouba (tira) onda dos outros. *"O cara fica tirando onda de escritor, mas é só um jornalista mesmo."*

Tiro, porrada e bomba: sempre juntos, significam uma grande confusão para os cariocas, equivalente ao "babado, confusão e gritaria" do mundo gay, podendo incluir ou não episódios de fato fisicamente violentos. *"Maluco! A noite* *ontem foi tiro, porrada e bomba!"*

Tô chegando: vou sair de casa nos próximos minutos.

Tocado: bêbado, drogado, dirigindo em alta velocidade, provavelmente por algum desses motivos. *"Esse cara tá tocado!"*

Totó: jogo de pebolim no Rio (corresponde à onomatopeia do barulho que a bolinha faz quando bate na mesa, não é óbvio?). Nome de cachorro em São Paulo.

Traíra: traidor, fura-olho.

Trank, tranks ou tranqs: tranquilo. *"E aí? Tudo tranks? Ou entre tranks e barranks?"*

Travar: ao contrário do que dizem as más línguas, o carioca não pega nada dos outros, ele simplesmente "trava", como uma catraca do ônibus que não te deixa passar. Pode acontecer até na relação entre "amigos". *"Ih, travei o boné do Fulano!"*

Tricolor: prova de que nem tudo é diferente entre Rio e São Paulo. Time igualmente alvo de piadas homofóbicas e tido como clube de torcedores ricos, o São Paulo Futebol Clube carioca.

Trincado: sarado. Ou cheirado.

Trocador: não, não é (só) o lugar onde você troca a fralda do seu filho. É o nome do "homem do troco", detentor dos trocados (por isso, o nome), nos ônibus do Rio, equivalente a "cobrador" do transporte paulistano e do resto do país.

Tu: sujeito que faz tudo que "você" deveria fazer no Rio. *"Não acredito que tu comprou este livro!"*

Tudo: numeral ou advérbio conclusivo carioca de inclusão e intensidade para indicar a completude de uma situação. *"Os ném tudo vai querer comprar este livro."*

Tumate: como dizem que os cariocas falam "tomate", em oferta ao lado da "cibôla", para ajudar a fazer um belo prato no "fugão".

Uó: corruptela para "o ó do borogodó".

Uruguaiana: deveria se chamar Paraguaiana.

Uva: quando a festa (ou a mulher) está boa. Em desuso. *"O baile tá uma uva..."*

Vaca: piranha. Ou melhor, amiga.

Vagabundo: qualquer um, em geral um monte de gente, sem variação de número. *"Vagabundo ficou bolado comigo."* (Quer dizer que a maior galera ficou fula da vida, com inveja, qualquer coisa do sujeito que cunhou a frase.)

Valeu: obrigado(a). Embora tenha sido incorporada ao vocabulário nacional, somente cariocas sabem pronunciá-la como se deve. Possivelmente originada na vocação da cidade para o audiovisual, já que todo carioca acha sempre que está numa novela ou num filme, cujas gravações são encerradas invariavelmente com um "valeu" do diretor para dizer que a cena "teve valor" e poderá, então, ser usada na obra final.

Vazar: não se assuste quando um carioca disser que está vazando. Ele está apenas indo embora. *"Aí, galera, vou vazar. Fui."*

Veado: melhor amigo, qualquer carioca ou ofensa homofóbica mesmo, especialmente no trânsito. Vocativo utilizado entre amigos com alguma intimidade (opa!) entre si. Os mais educados não usam, falam apenas "bicha". Vai ver é por isso que a cidade é considerada tão "gay friendly" hoje. *"Fala, veado! Há quanto tempo!"*

Veja Rio: a "Vejinha" do Rio.

Vestiba: vestibular, única forma de entrar na faculdade antes do Enem.

Visar: pretender, planejar, em Niterói. *"Eu viso comprar um carro."*

Voado: apressado, correndo muito, especialmente no trânsito. *"Maluco passou voado agora."*

X-9: traidor.

Xérox: fotocópia, com acento no "e".

Zarpar ou zarpar fora: ir embora, nos anos 1980.

Zerinho-ou-um: como carioquinhas resolvem suas sérias contendas, respeitando a lógica básica do sistema binário, diferente do que fazem os paulistaninhos, com seu equivalente "dois ou um".

Zoar: fazer festa, bagunça, mas também serve para tirar onda com a cara de alguém, essas coisas do dia a dia do carioca. Mais uma daquelas palavras que existem nos dois idiomas, mas com sentidos levemente diferentes entre si.

Nota do autor. Essas definições são fruto da experiência prática do dia a dia e foram checadas com nativos de ambas as cidades e mediante pesquisa com fontes fidedignas (a internet). Se este livro for o sucesso de vendas que ele merece (te cuida, Paulo Coelho!), prometo atualizar a lista de verbetes nas próximas edições. É importante ressaltar que, com o advento da rede mundial de computadores, fica cada dia mais difícil determinar a origem e o domínio territorial sobre uma expressão linguística nova. Por isso mesmo, alguns potenciais verbetes ficaram de fora, e o leitor poderá discordar da origem de algumas definições para expressões que não são usadas com exclusividade por qualquer território, embora os sentidos e as aplicações possam sofrer leves variações. (Falei bonito, né?)

Dicionário paulistanês e paulistês

É na comida que estão muitas diferenças entre Rio e São Paulo. Não é só porque a cozinha paulistana é tida como mais requintada, mas também porque paulistano chama de mandioquinha a batata-baroa do carioca, que chama de aipo o salsão do paulistano.

Se o carioca pedir um "joelho" no balcão de vidro de um pé-sujo em São Paulo, provavelmente vai ficar sem resposta, ou receber um pedaço da perna de um porco no prato se tiver sorte. O mais próximo da iguaria à base de farinha, presunto e queijo do Rio pode ser encontrado em São Paulo sob o nome insuspeito de bauruzinho.

Pensando bem, serão esses os segredos da cozinha paulistana? Para ajudar paulistas e paulistanos a serem mais bem compreendidos no resto do país, ou socorrer quem chega de fora e precisa se comunicar em São Paulo, eis algumas gírias e expressões da Pauliceia e suas respectivas traduções.

Abelhudo: gíria dos anos 1980 (sim, da época em que havia uma banda infantil com esse nome, no plural) para sujeito intrometido, enxerido, fofoqueiro. *"Esse jornalista é mó abelhudo."*

Afins: apaixonado. *"Estou afins daquela mina."*

Ah, vá: o "cê jura?" Expressão sarcástica usada em resposta a algum comentário óbvio, semelhante ao "falô" carioca quando usado com a mesma finalidade. Deve ser usada em modalidade solo na frase, encerrada por exclamação ou reticências. *"Ah, vá!"*

Amigo secreto: brincadeira tão divertida quanto o "amigo oculto" do carioca.

Anarquia: bagunça. Mais usada no interior, como qualquer palavra com "r".

Animal: muito bom. *"Putz, meu, este livro é animal!"*

Apavorar: arrasar, impressionar. Daí deriva o substantivo "apavôro". *"Meu, cheguei lá apavorando já, né?"* ou *"Cheguei lá no apavôro, mano."*

Arco-tarco-qué-quimuia: piadinha sobre sotaque do interior, em que o barbeiro pergunta, ao fim do serviço, se o visitante da capital quer que ele passe "álcool, talco ou quer que molhe".

Atrapalhada: adjetivo para nervosa, confusa, desorientada, perdida. Do interior.

Bagúi: variação de "bagúio", ambos corruptelas de "bagulho", que significam absolutamente qualquer coisa. *"O bagúi é lôco, mano."*

Baiano: brasileiro que tenha nascido do Rio de Janeiro para cima.

Balada: qualquer programação noturna, mesmo que não inclua música, como uma boa cerveja no bar com os amigos. Como muitas outras gírias, tem sido nacionalizada pela TV e pela internet.

Balneário: Rio de Janeiro, quando querem implicar com os cariocas.

Bambis: apelido carinhoso e homofóbico dos torcedores do SPFC.

Barato: bagulho ou qualquer coisa. *"O barato é lôco, mano!"*

Batatinha: batata frita, porque paulistanos são fofos.

Batida: blitz policial, por mais bem que os PMs envolvidos dirijam e não tenham tomado nenhum drinque. Sinônimo de "comando".

Bauru: tipo de sanduíche à base de queijo, presunto e tomate. É possível encontrar a seção com nome do lanche em cardápios oferecendo diversas variações de complementos sobre a mesma base. A versão original, criada e vendida até hoje nos restaurantes Ponto Chic, é mais sofisticada, leva rosbife no lugar do presunto e diversos tipos de queijo misturados. Surgiu em 1934, quando um estudante de Direito do Largo de São Francisco, Casimiro Pinto Neto, ditou a receita ao sanduicheiro da casa, no Largo do Paissandu, juntando um pão francês sem miolo, rosbife, rodelas de tomate e uma mistura de queijos derretidos, sem os picles que hoje fazem parte do recheio. Aos poucos, outros estudantes foram chegando e pedindo um sanduíche "igual ao do Bauru", em referência ao apelido de Casimiro, em função de seu sotaque e local de nascimento, e, assim, foi batizado o novo sanduíche.

Bauruzinho: o mais próximo a que se pode chegar do "joelho" vendido nos melhores pés-sujos cariocas, à base de farinha, presunto e queijo. Também pode ser chamado simplesmente de "enroladinho de presunto e queijo". Afinal, paulistanos são mais literais mesmo.

Bê: Bernardo, ou "Behrnahrdo" em carioquês.

Begê: bicho-grilo.

Belê: o "beleza" do paulistano. *"E aí? Belê?"*

Belo e bela: vocativos italianescos que quase ninguém mais usa, hoje mais restritos aos programas de TV mais caricaturais.

Bem: encerra qualquer frase no interior e na boca de quem vem de lá, e pode ser usada ainda como vocativo irônico para qualquer pessoa relativamente próxima. *"Tô indo, bem." "Ô, bem, cê acha que eu vou comprar um livro desses?"*

Bem bolado: negociação, trocar algo, resolver um problema. *"Depois, a gente faz um bem bolado com este livro."*

Bengala: bisnaga, pão francês comprido. Em desuso, porque todas viraram sanduíche de metro.

Bexiga: balão de festa de aniversário.

Bico: algo fácil de ser feito, ou "mole", como se falaria em outras regiões do país. *"Ah, isso aí é bico, mano!"*

Bicuda: chute com força. *"Ih, o Fulano deu uma bicuda na bola!"*

Bidu: sabidão, sabichão, adivinhão. Inclui sarcasmo.

Bituca: guimba (resto) de cigarro.

Blusa ou abrigo: roupa de frio.

Boiada: coisa boa, fácil, moleza, que acontece na vida do paulistano, este ser rural. *"A competição foi a maior boiada!"*

Bom de boca: prepotente, o que se acha o tal. Do interior.

Bombar: ser reprovado, não passar na prova.

Borba Gato: bandeirante que enche de orgulho os paulistanos com sua bela estátua no bairro de Santo Amaro.

Bosta: o "merda" do paulistano. Pronuncia-se com três "esses", para valorizar o sotaque, tal como o "erre" rasgado do "merda" que o carioca fala, menos elegante. Em Roma, faça como os romanos. Em São Paulo, faça como os manos e fale "puta, que bósssta" quando algo der errado.

Bota: paulistano não leva fora, "toma (ou leva) uma bota". O adereço rural serve ainda para dispensar outros objetos, como celulares, e empregos, quando se está irritado com eles.

Boy ou boyzinho: playboy. Hoje, mais usada na periferia.

Branquinho: líquido corretor da época em que ainda se usava máquina de escrever ou escrevíamos à mão, também conhecido pela metonímia de marca pelo produto "Liquid Paper".

Breaco: como o paulistano fica quando bebe demais.

Breja: cerveja. Lê-se com acento circunflexo no "e", na forma "brêja".

Bróder: derivação do "brother" carioca adaptada ao sotaque paulistano. Uma atitude de bróder pode ser chamada de "brodagem".

Broto: não, ninguém mais fala isso depois do fim da *Jovem Guarda*, não é possível.

Bucha: tarefa difícil. *"Esta semana foi bucha, meu!"*

Bumba: busão.

Cá: Camila, Carolina, Cássia, Cássio, Cátia, Carina, Caio, Catarina ou Cassiano.

Cabeção ou cabeça: sujeito inteligente. Também pode ser usada no sentido inverso, como ironia, ou simplesmente para falar do tamanho da cabeça de alguém.

Cabecinha: burro, limitado. *"Putz, cara, meu chefe é mó cabecinha."*

Cabular: matar aula.

Cabuloso: estranho, assustador.

Cacete: bater em alguém. *"Esse cara tomou um cacete ontem."*

Cafezinho: só o café expresso mesmo. Policial carioca em São Paulo corre o risco de ganhar uma xícara da bebida quando pedir para alguém molhar sua mão.

Caipiroska: caipirinha com vodca no lugar da cachaça, dicionarizada como "caipirosca".

Cambal: golpe, cambalacho.

Cândida: água sanitária. Clássico falso cognato entre os dialetos do Rio e de São Paulo que pode resultar numa confusão seríssima, caso o amigo paulistano veja uma roupa manchada no Rio e diga "deve ser cândida", por exemplo. Vão acabar pensando que você está insinuando que o dono da peça tem problemas com a própria higiene ou quanto à saúde sexual.

Canetinha: paulistanos são meigos, não usam pilot (pilô), usam canetinha ou hidrocor.

Capital: se os cariocas acham que o Rio ainda é capital da República, os paulistanos têm certeza de que São Paulo o é, ou deveria ser, já que, muitas vezes, se referem à cidade simplesmente como "a capital", especialmente nos telejornais, oficialmente para distingui-la do restante do estado de mesmo nome (embora o Rio pudesse usar a mesma desculpa e não faça o mesmo). *"Trânsito parado no sentido da capital."*

Capuz: capa de chuva (não, não é só o capuz propriamente dito, é o casaco todo, digo, blusa).

Cara: unidade de (muito) tempo paulistana (além de vocativo nacional para se referir a alguém do sexo masculino). *"Meu, deve ter levado uma cara para terminar este livro, hein?"*

Caraguá: Caraguatatuba.

Caramba: não é uma palavra exclusivamente paulistana, mas é usada com frequência em São Paulo para evitar o "caralho" ou mesmo o "cacete" carioca e substituí-los por uma opção mais educada.

Caras: cara de pau. *"Ah, ele não teve as caras de escrever essa bobagem..."*

Carinha: vocativo meio fofo/infantil ou forma meio irônica de se referir a alguém.

Carioca: folgado, amigo que sempre chega atrasado, ou qualquer pessoa do estado do Rio.

Carreto: serviço de transporte de objetos ou de pequenas mudanças. Em geral vem na frase "faz carreto", estampada atrás dos veículos que fazem o serviço. É o "a frete" do Rio.

Carta de habilitação: declaração de próprio punho em folha de papel pautada que o "marronzinho" (guarda de trânsito) passa a vida esperando que o motorista envie para ele dizendo que é habilitado a dirigir.

Casa caiu: algo que deu ou vai dar errado (ameaça), inspirada, dizem, no filme "Um dia a casa cai". *"A casa vai cair procê, mano."*

Catar: ficar com alguém. *"Catei uma mina linda ontem."*

Catupiri: genérico do queijo Catupiry à base de farinha de maisena, vendido em supermercados numa embalagem que mais lembra uma teta gigante de vaca, para ser aplicado diretamente sobre os sanduíches (ou melhor, lanches) vendidos na rua. Costuma ficar exposto ao lado do queijo cheddar, comercializado em recipientes semelhantes e para a mesma finalidade.

Causar: verbo intransitivo paulistano. A pessoa em São Paulo não "apronta", ela simplesmente "causa". Normalmente refere-se a alguma confusão, mas não é preciso nem completar a frase. *"Ih, olha a mina ali causando."*

Cê acha: é o "fala sério" do interior, como quem diz "você acha que eu vou cair numa roubada dessas?" *"Eu vou gastar meu dinheiro com um livro desses, cê acha?"*

Cebolão: apelido do Complexo Viário Heróis de 1932 (eu já disse que os paulistas, e mais ainda os paulistanos, adoram comemorar essa derrota?), que promove o encontro entre a Rodovia Castelo Branco e as marginais Tietê e Pinheiros, provavelmente devido ao desenho criado pela junção de pontes e viadutos, ou porque você ficará com lágrimas nos olhos quando perder a entrada que tinha que ter pego e cair no Rodoanel.

Cebolinha: filhote do anterior, é o apelido do Complexo Viário (e bota complexo nisso) João Jorge Saad, na região do Ibirapuera, e reúne viadutos que ligam Vila Mariana e Moema, e dão acesso à Avenida 23 de Maio. A experiência de passar por lá dirigindo pela primeira vez (e pelas demais também) é inesquecível, já que a sinalização utilizada é no estilo surpresa, que você só consegue visualizar quando já não dá mais tempo de fazer nada.

Cê-Ê-Tê: a Companhia de Engarrafamento de Tráfego paulistana. Cariocas acham graça quando ouvem a sigla pela primeira vez, acostumados a chamar sua equivalente CET-Rio de "sétirriu". Um dos primeiros sintomas de conversão do carioca é quando ele tenta pronunciar a sigla, sem sucesso, e fala "cê-É-tê". À semelhança do que ocorre quando eu tento falar "bolacha" e, logicamente, sai "bulacha". Os passos seguintes são: chamar refrigerante de "refri", falar "balada", "bolacha", "trampo", "meu", "sossegado", "bosta" como se fosse palavrão e "puta" como advérbio.

Cegonha ou caminhão-cegonha: símbolo da origem da vida na mitologia do mundo ocidental, não à toa é sinônimo para caminhões que transportam automóveis em São Paulo, chamados de "jamanta" no resto do país.

Celula ou *celú*: telefone celular.

Centro-Bairro: em São Paulo, ônibus circulam no "sentido centro" (quando voltam) ou no "sentido bairro" (quando vão). A mesma referência vale para os dois sentidos das vias expressas para automóveis em geral. No Rio, o sujeito só está preocupado em saber de que lado está a praia.

Certo: palavra pronunciada em tom de pergunta ameaçadora ao fim de cada frase dos mano. *"Melhor comprar logo este livro, cerrrto, mano?"*

Champa ou champanhota: bebida servida nas baladas de Maresias ou da Vila Olímpia, ou como o coxinha paulistano chama qualquer espumante. Não admite flexão no plural. *"Bora virar umas champa hoje na balada, que vai ser da hora!"*

Chapa: amigo, camarada, no passado (e não só em São Paulo). Como tudo vira trabalho em São Paulo, hoje é o apelido para cara que fica operando a grelha dos bares e lanchonetes, o chapeiro.

Chapar o coco: ficar doidão.

Cheddar: queijo típico paulistano de cor radioativamente amarelada, primo do "catupiri", vendido em embalagens semelhantes e sempre na forma cremosa. É diferente do original do qual ele roubou o nome, provavelmente por culpa do McDonald's, que introduziu o sanduíche Cheddar McMelt nos hábitos alimentares brasileiros com um queijo até então desconhecido no país e derretido após o aquecimento, fazendo todos crerem que ele já tinha nascido assim.

Chegado: amigo.

Chiclé: chiclete. Embora chicle (sem acento) conste de dicionários e das embalagens da guloseima, é outra palavra que somente paulistanos usam. É vendido nas mesmas bancas que comercializam "bala de goma".

China: coreano ou qualquer pessoa que vende muamba na Santa Ifigênia, na 25 de Março ou nas demais galerias de traquitanas eletrônicas espalhadas pela cidade. *"Comprei uma capa da hora pro meu celular no China."*

Chique: cumprimento, em alguns lugares do interior. *"E aí, chique?!"*

Chopes: como dizem que o paulistano pede um chope, mas é mentira.

Chuchar: expressão polivalente dicionarizada, especialmente usada por paulistanos como sinônimo para enfiar, estimular, enaltecer ou fazer troça. Então, você sempre pode argumentar que quis dizer outra coisa. *"Ele só toma café da manhã chuchando o pão no Toddynho." "Não paravam de chuchar o menino na escola porque ele foi mal em Matemática." "Meu chefe adora chuchar a equipe." "Já chuchei o dinheiro no bolso aqui."*

Chupa: forma carinhosa como os torcedores de um time tratam os da outra. Vale para políticos e adversários em geral, sempre com o objetivo de provocar o perdedor. Equivalente ao mais gentil e nacional "toma". *"Chupa, Paulo Coelho! Meu livro vai vender mais do que os seus!"*

Chupim: aquele que rouba ou "chupinha" a ideia de alguém. Expressão com provável origem no nome do passarinho que põe os ovos nos ninhos de outras espécies, que passam a chocá-los, criar os filhotes e alimentá-los (livro de humor também é cultura). *"Fulano chupinhou meu trabalho." "Ah, ele é o maior chupim!"*

Churras: churrasco.

Ci: Cíntia, Cylene, Cirene.

Clá: Clara, Clarice.

Classe: turma da escola.

Cola na minha goma: chega lá em casa. Outra das antigas (assim como falar "das antigas").

Colar: chegar a algum lugar legal. *"Cola aí, mano!"*

Colega: como os paulistanos e o Silvio Santos chamam seus companheiros de trabalho. No Rio, todo mundo é "amigo".

Colegial: é o ensino médio do paulistano. Falaria "segundo grau" se fosse carioca.

Com coisa que: expressão irônica do interior para dizer "como se", "até parece que". *"Com coisa que alguém vai querer ler um livro sobre as diferenças entre Rio e São Paulo". "Com coisa que alguém fica rico com jornalismo."*

Com licença: pronuncia-se "com licéinça" e quer dizer "o senhor, ou a senhora, poderia me conceder a licença de ultrapassá-lo(a), por gentileza?"

Comando: batida policial que rouba e bate menos do que a do Rio, se não for a da periferia. Afinal, "blitz" é uma banda carioca.

Comédia: vacilão, só faz besteira. *"Fulano é mó comédia." "Tá de comédia, mano?"*

Comercial: ou prato comercial. É o prato feito paulistano, em geral servido em restaurantes simples, mas mais arrumados e com azulejos mais novos do que os botecos cariocas que servem os equivalentes "pê-éfis".

Consolação: estação de metrô que fica na Avenida Paulista.

Corcovado: morro do Rio que abriga a estátua do Cristo Redentor, e muitos paulistanos acham que é o mesmo que o Pão de Açúcar, ou que são ligados por um bondinho aéreo. Não são.

Corguinho: diminutivo de "córgo", que por sua vez é corruptela de "córrego". Acidente hidrográfico só encontrado no interior de São Paulo, com destaque para a pronúncia do "erre".

Coringão: ver Curíntia.

Correria: o malandro, também conhecido simplesmente como "corre", podendo evoluir para "vida lôka". Numa cidade em que o trânsito não anda, correr é status. Por isso, paulistanos estão sempre "na correria", ou "no maior corre". *"Fulano é correria." "Como é que tá? Na correria?"*.

Cota: uma grande quantidade do tempo paulistano. Pouco usada atualmente. *"Nossa, meu! Faz uma cota que eu estou aqui nessa fila para comprar este livro..."*

Coxão mole e coxão duro: carioca vai morrer de fome em São Paulo se ficar esperando aparecerem na TV os anúncios estridentes de "chã, patinho e lagarto" (lidas sempre como uma palavra só, "chãpatinhelagartu"), típicos dos supermercados cariocas. Em São Paulo, as carnes mais populares nos açougues são o "coxão mole" e o "coxão duro" (a "chã", no caso), cuja exposição na mídia se limita aos cartazes fixados na frente dos estabelecimentos, já que a cidade, infelizmente, não tem a tradição de comerciais de mercados populares locais na televisão.

Coxinha: procurar no capítulo sobre adaptação e estilos cariocas e paulistanos.

CPF na nota?: pergunta que você invariavelmente ouvirá depois de conseguir passar na prova do "crédito ou débito?" no caixa.

Croque: cascudo (bater com o osso do dedo da mão na cabeça). *"Se você continuar com esse barulho, vou te dar um croque, hein, moleque!"*

Curíntia: time paulistano cuja torcida é maior, ou ao menos mais barulhenta, do que a da seleção brasileira.

Curva de rio ou graveto: empata-foda, o cara que para em tudo quanto é lugar, ou que atrai coisas ruins. A expressão completa é "graveto em curva de rio".

Cuscuz: salada prensada paulista à base de peixe e farinha de milho.

Cuzão: ofensa máxima que pode ser dita a/ou por um paulistano, equivalente ao "babaca" (o xingamento) carioca.

Dã ou Dan: Danilo, Daniel, Daniela ou Daniele, que também podem ser chamados de "Dani", num caso raro em que o apelido de duas sílabas é aceito.

Da hora: algo tão bom em São Paulo que chega a ser pontual. Gíria semi-idosa paulistana para dizer que algo é muito legal, tipo o "animal" dos anos 1970. *"Daora a vida, meu..."*.

Dá teus pulos: "te vira" em paulistanês da periferia. *"Perdeu? Agora, dá teus pulos aí para resolver."*

Danone: qualquer iogurte em São Paulo, não importa a marca.

Dar a letra: passar uma informação. *"Me deram a letra de um livro da hora que vai sair."*

Dar canseira: encher o saco, a paciência, qualquer coisa. *"O autor deste livro deve ter dado a maior canseira para o editor, porque são muitos verbetes."*

Dar moral: semelhante ao usado no Rio, mas mais no sentido de "dar mole", "dar condição", dar oportunidade para alguém se aproximar com intenções libidinosas.

Dar o (um) boi: facilitar as coisas, ajudar alguém. Mais usado na periferia. *"Vou te dar o boi do exame que você vai fazer."*

Dar os cano: furar um encontro, dar calote, misturando singular e plural, como manda a boa tradição paulistana.

Dar um gato: dar um pequeno golpe, que pode ser faltar à aula ou cometer uma infração de trânsito. Mais abrangente do que o "fazer um gato" do carioca, específico para serviços de luz, água, telefone e TV a cabo. *"Vou dar um gato na aula hoje."*

Dar um tapa: similar a "dar um talento", mas tenha cuidado ao falar isso para um policial, pois pode ser sinônimo também para fumar um baseado. No Rio, esse é o significado mais consolidado, com origem na expressão maior "dar um tapa na pantera", em que a maconha teria o papel do desferir o golpe que acorda a adormecida fera. *"Só falta dar um tapa no livro agora."*

Dar um up: melhorar, aperfeiçoar qualquer coisa que não a língua portuguesa, ou tomar alguma coisa para se animar. *"Preciso dar um up na carreira."*

Dê: Denise, Dennis, Débora, Demétrio.

De bairro: marca para o comércio local. Se não for uma grande rede com filiais espalhadas pela cidade, pelo país, quiçá pelo mundo, os megalomaníacos paulistanos chamarão de pizzaria de bairro, farmácia de bairro, padaria de bairro. Mas, mesmo assim, provavelmente terá vagas para carros na calçada em frente. *"Ele largou o jornalismo para abrir uma pizzaria de bairro."*

De boa: tranquilamente, sem problemas. Da mesma maneira que o carioca faz as coisas (algumas) "na boa", ou "numa boa", paulistanos são "de boa". *"Pode chegar, de boa!" "Tô de boa, amor, pode ir ao futebol com os amigos e chegar bêbado em casa."*

De boas: semelhante ao "de boa", mas mais equivalente ao "de bobeira" do carioca. *"Tava de boas na livraria, quando vi este livro sobre Rio e São Paulo e não resisti."*

De fim de semana: paulistanos têm uma relação toda especial com as preposições e com a regularidade das coisas. Por isso, ele desce para a praia "de fim de semana", vai à balada "de sexta", ao shopping "de sábado" e ao parque "de domingo".

De foder: se cariocas são "fodas", paulistanos são "de foder". Normalmente mais usado com conotação negativa. *"Porra, meu, fulano é de foder, hein?"*

De velho: há muito tempo. *"Se não fosse esse trânsito, já teríamos chegado lá de velho..."*

Dente do siso: apenas o siso.

Depósito: loja de material de construção do bairro (ou de móveis), porque tudo tem que ser mega (ou ter nome de coisa grande) em São Paulo.

Descabeçado: maluco, doido, desmiolado.

Descer para a praia: expressão que provoca risos entre cariocas que se mudam para São Paulo, já que, no Rio, pode significar apenas pegar o elevador para tomar sol na areia se o sujeito morar na zona sul, enquanto em São Paulo pode ser sinônimo de ficar 4 horas parado no engarrafamento (se não for feriado, quando esse tempo dobra) para poder relaxar da exaustiva viagem com outras 15 pessoas ocupando o mesmo metro quadrado à beira do mar. Só depois de um tempo em São Paulo, o carioca, acostumado a viver no nível do mar, entende que a cidade fica num planalto e que "descer" refere-se à Serra do Mar, ao pé da qual está o litoral.

Desembaça: cai fora, vai embora, para de atrapalhar, mano!

Desencanar: paulistano não relaxa. No máximo, "desencana". *"Pô, desencana, meu."*

Desmanchar: terminar um relacionamento. *"Eu e ela desmanchamos."* "Desmancharam o quê?", pergunta o amigo carioca. "Ah, tá…"

Dois-ou-um: como o pequeno paulistano chama o jogo de "zerinho-ou-um" (leia "zé-ri-nhô-um") do minicarioca.

Da mesma forma, perde quem apostar o número que ninguém escolheu. Por isso, recomenda-se um número ímpar de participantes.

Domingueira: programa de domingo. Do coxinhês. *"Vai rolar uma domingueira na Vila Madá."*

Drinks: alguma bebida que misture pelo menos dois ingredientes e tenha cores.

Drive-in: motel de pobre. Lugar para onde o casal vai, de carro, só para se pegar e, se possível, fazer sexo, dentro do veículo mesmo. Não, não tem tela de cinema, nem filme passando. Graças à especulação imobiliária, estão em extinção.

Ê: quinta letra do alfabeto. *"Cê-Ê-Tê".*

É nóis: versão resumida de "é nós na fita", para se dizer "é isso aí" ou o "podes crer" da língua carioca. Reza a lenda que a expressão original (assim como muitas outras com origem na periferia paulistana) surgiu no presídio, mais especificamente no Complexo do Carandiru, quando detentos participaram de uma filmagem no fim dos anos 1990 e, ao se verem na tela, teriam dito "é nós na fita". (Jovens, na época não existiam YouTube, Blu-ray ou DVD. Perguntem aos seus pais sobre videocassete.)

É pique: é o que, estranhamente, os paulistanos cantam no fim do "Parabéns pra Você" (embora o nome oficial da música em São Paulo seja "Parabéns a Você"), enquanto os cariocas entoam "é big, é big". Nenhuma das opções faz sentido, já que seria melhor falar "é grande, é grande" no Rio e também porque ninguém sai correndo e perseguindo o outro quando os paulistanos falam "é pique". A realidade é que nenhuma das duas cidades canta a música corretamente. A origem alegada para o "é pique, é pique, é hora, é hora, rá-tim-bum" seriam vários bordões da Faculdade de Direito do Largo de São Francisco nos anos 1930. "É pique" seria uma saudação a Ubirajara Martins, estudante conhecido como "pic-pic" porque carregava sempre uma tesourinha para aparar a barba e o bigode. "É hora" era um grito de guerra dos jovens nos bares quando tinham de esperar até a cerveja gelar para receberem uma nova rodada. "Rá-tim-bum" refere-se a um rajá indiano chamado Timbum que visitou a faculdade na época. Há ainda quem diga que "rá-tim-bum" reproduz o som de instrumentos musicais: o "rá" da caixa, o "tim" dos pratos e o "bum" do bumbo. Como se vê, a criatividade para explicar fenômenos populares é livre.

Eira ou êra: sufixo meio coxinha que paulistano adora colocar nas palavras e nomes para parecer informal, como em domingueira, zoeira, melequeira, Luizera, Felipeira.

Embaçar: quando uma situação fica difícil ou chata, "o maior embaço", tipo o para-brisa do carro. Também vale para quem dificulta as coisas.

"O fulano tá embaçando..."

Empreiteiro: paulistano leva tudo tão a sério que chama o pedreiro de "empreiteiro", embora ambos atrasem igualmente para entregar a obra.

Encanar: preocupar-se. O sujeito preocupado é "encanado". *"Fulano ficou superencanado."*

Encostar: chegar, na periferia. *"Encosta lá no fluxo hoje mais tarde, mano."*

Engruvinhado: amassado, enrugado (corruptela de engorovinhado).

Enrosco: contratempo, situação complicada.

Então: sujeito de quase todas as frases ditas em São Paulo, já que aparece sempre no começo delas. Pronuncia-se "intão", com sustenido no "ã", bem anasalado.

Espinho: como paulistano não está acostumado com o ecossistema marinho, tende a confundir a espinha do peixe com "espinho" de planta, e chama tudo igual.

Esterçar: tá, é uma palavra dicionarizada na língua portuguesa como sinônimo para "girar o volante", mas só os paulistanos usam, especialmente os manobristas.

Fá: Fábio, Fabíola, Fabrício, Fabrícia, além de nota musical.

Facul: faculdade, em expressão que deu origem a termos como "carnafacul" para o nome das festas frequentadas pelos que falam assim.

Falsi ou falsiê: produto falsificado ou de origem duvidosa.

Família vende tudo: antiquários de móveis e artigos para casa. Tradicionalistas, os paulistanos usam esse nome até hoje para parecer que alguma família quatrocentona está se desfazendo de seus bens centenários (e, assim, poder cobrar preços mais altos), mesmo que estejam vendendo itens de escritórios ou hotéis.

Farol: sinal de trânsito.

Fê: Felipe, Fernando, Fernanda.

Ferradura: retorno, mais especificamente o que permite a ligação da Avenida 23 de Maio com a Nove de Julho.

Fervo: agito, balada, gente bonita e clima de paquera, com origem no interior. *"O lançamento deste livro vai ser um ferrrvo!"*

Fi: Filipe, Firmino.

Fiel: torcedor do Corinthians, apelido que deu origem à torcida organizada *Gaviões da Fiel*.

Fim de feira: fim da linha, situação bagunçada, pessoa muito cansada. Eventualmente, pode ser substituída por "fim de carreira", em outra expressão que mostra como tudo é trabalho para o paulistano, já que a situação equivalente em drama para um carioca é chamada de "fim de festa".

Finde: fim de semana.

Fio, fia ou fiote: filho, filha ou filhote, como vocativo para um amigo ou conhecido.

Firma: onde o paulistano trabalha.

Firmeza: tudo bem, podendo ser substituído por "firmão". *"E aí? Firmeza, mano?"*

Fita: assunto, papo, ideia. *"Vou te dar a fita, mano."*

Flá: Flávio, Flávia.

Flow: ritmo, levada, batida, tranquilidade. Outra do hip-hop e da periferia. *"O mano tem o flow do rap." "Cheguei lá no flow." "Entra no flow deste livro."*

Fluxo: agito, originalmente em referência aos bailes funk de rua espontâneos, os rolezinhos com música alta, popularmente chamados de "pancadão", palavra hoje usada para falar de qualquer concentração de muitos usuários de drogas.

FM: qualquer estação de rádio que toca música. Do interior.

Folgado: carioca.

Folgar: tirar onda com alguém. *"Esse cara tá folgando comigo..."*

Food truck: carrocinha ou trailer de comida que cobra mais caro, fruto do processo de gourmetização da cozinha paulistana. Pode ser chamado também de "food truque".

Fran: Francine, Francisca, Francineide, Francisco (Chico é só para os mais íntimos).

Frei Caneca: a Farme de Amoedo de São Paulo, só que sem a praia no fim, a não ser que você considere a Avenida Paulista a praia do paulistano. A consagração da rua como "gay friendly" ocorreu em 2003, depois de um segurança do shopping local ter pedido que dois rapazes parassem de se beijar. A reação foi um "beijaço" com mais de 2.000 pessoas no local, organizado por grupos dos movimentos LGBT, LGBTTT, LGBTS, LGBTI, LGBTTIS, LGBTTIA, GLBT, GLBS, GLBTS e GLS. Em homenagem, a rua e o shopping ganharam apelidos como Gay Caneca, Frei Boneca ou Gay Careca.

Fretado: ônibus executivo (com ar-condicionado, assentos acolchoados, semelhante aos interestaduais) nem sempre legalizado, pago mensalmente pelo trabalhador de São Paulo para fugir do transporte público massacrante da cidade.

Fuá: bagunça, confusão, desorganização. Provável abreviação de "mafuá". Outra do interior.

Fudêncio: apelido autoexplicativo para o cara que adora sacanear os outros. *"Pô, esse jornalista é mó Fudêncio."*

Funilaria ou funileiro: oficina e mecânico especializados em tirar amassados, digo, as "mossas" dos carros. O nome remete à origem da atividade, que é a fabricação de peças moldadas a partir de chapas de metal, como funis para alambiques (não parece, mas quase toda gíria tem sentido).

Funk paulista: rap.

Furar: paulistano não ultrapassa o sinal vermelho, ele "fura o farol".

Gambás: apelido carinhoso para os torcedores do Corinthians.

Gambé: policial. Gíria mais antiga,

possivelmente originada do sobrenome do inventor do telefone, Alexander Graham Bell, devido à antológica prática dos grampos telefônicos.

Garapa: caldo de cana, provavelmente com origem no interior.

Garoa: fenômeno climático paulistano em extinção que só reaparece se você estiver esperando um ônibus tarde da noite, ou batendo papo com os amigos do lado de fora de algum boteco.

Gelateria: sorveterias após São Paulo receber os efeitos do raio gourmetizador.

Gênio: brilhante, para ser usado sozinho quando outra pessoa fala algo inteligente, engraçado: *"Gênio!"*

Giu: Giulia, Giuliana, Gilberto.

Goma ou gominha: elástico de papelaria.

Gongar: desclassificar, humilhar, rejeitar, ridicularizar alguém, dar o cano.

Gorfar: o que o paulistano faz quando bebe demais. Exemplo clássico de quando a gíria se sobrepõe ao vocabulário formal. Sob a influência da colônia italiana, muitos moradores de São Paulo acham que o "regurgito", aquela vomitadinha básica de bêbado, é representado pelo verbo "gorfar", ainda que o correto, segundo os dicionários, seja "golfar". E, vamos combinar, se for encher a cara em São Paulo, é muito mais legal passar mal no sotaque da terra e dizer que "gorrfou" do que falar que "vomitou" (ou que fez um "vumito", como alguns cariocas mais de raiz curtem).

Groselha: sujeito chato, enjoado, ou as chatices que ele fala. *"Fulano é mó groselha." "Este livro só fala groselha."*

Grugumilo: pomo de adão, garganta, goela. Corruptela de gorgomilo, vindo provavelmente do interior do estado. *"Os gambé me pegou pelos grugumilo, mano."*

Guaraná: refrigerante (de qualquer tipo ou sabor) no interior.

Guarda-sol: o que os cariocas chamam de "barraca".

Guaru: Guarujá para os íntimos que gostam. *"Vou pro Guaru no fim de semana."*

Guarujento: Guarujá para os íntimos também, mas para os que não gostam de uma forma menos elogiosa quanto à qualidade da limpeza do balneário.

Guia: onde termina o asfalto e começa a calçada, e vice-versa, equivalente ao "meio-fio" dos cariocas. Se for guia rebaixada não pode parar na frente, porque dá multa, mesmo sem um motivo claro para ela. Em São Paulo é mais importante olhar isso do que ver se tem garagem na calçada em frente, que é o que o carioca faz, e deixa o carro parado ali do mesmo jeito. *"Não pode parar aí, não, meu. Olha a guia rebaixada."*

Helipa ou Heli: Heliópolis para os íntimos.

Holerite: o comprovante de salário do paulistano. Diz a internet que o termo deriva do nome de Herman Hollerith, empresário americano que impulsionou o uso de máquinas leitoras de cartões perfurados para o processamento de dados em massa. Deve ser por isso que dizem que paulistanos ganham mais do que cariocas, mas, por pouco, não chamam WhatsApp de "telegrama".

Hugo: quem os paulistanos chamam quando vomitam, em vez do "Raul" dos cariocas. Difícil saber quem foi batizado primeiro e quem escolheu outro nome depois só para ser diferente.

Ibira: o Parque Ibirapuera, "meu", para onde os paulistanos vão "de fim de semana".

Imagina: de nada. Pode ser aplicado com a supressão da primeira sílaba e complementado por "brigado eu". *"Magina... Brigada eu."*

Impregnar: encher o saco, falar muito, contaminar o ambiente. *"Ah, "meu", esse autor tá impregnando para eu comprar o livro..."*

Ipira: Ipiranga, o bairro.

Ixi: interjeição de surpresa em relação a algum imprevisto, em geral negativo.

Jaçanã: distrito para onde vai o Trem das Onze.

Japa: qualquer descendente de oriental.

Josta: a "joça" paulistana, numa provável mistura com "bosta", vai entender.

Ju: Júlia, Juliana, Julieta, Júlio, Juliano.

Juca: irmão do Hugo que alguns paulistanos preferem chamar quando estão diante da privada.

Lanche: a megalomania do paulistano é tão grande que ele chama qualquer sanduichinho de "lanche". O carioca expatriado ouve o paulistanão dizendo que vai pedir um lanche e fica pensando logo que vai chegar uma refeição da tarde, tipo um combo do McDonald's, com refrigerante, batata frita e um *sundae* para arrematar. Mas se decepciona quando vê o solitário sanduíche. Não bastasse isso, qualquer bar (ou restaurante) da cidade inclui sanduíches, quer dizer, "lanches", em seus cardápios. Por isso, amigo carioca, se você acabou de mandar seu currículo para aquela vaga em São Paulo, comece a amadurecer a ideia de comer um "bauru" com um chope depois do "trampo". A combinação de sanduíche com cerveja parece estranha até que o carioca lembra-se do *Cervantes*, de Copacabana, e só sente falta do abacaxi no recheio.

Lavanderia: casa de paulistano é chique, não tem "área de serviço", tem "lavanderia".

Letra: dica, ideia, algo a ser contado. *"Vou te dar a letra." "Manda a letra."*

Levar um balão: ser enganado.

Li: Lígia, Lívia, Lia.

Lição de casa: o que o pequeno paulistano faz para ser um paulistano de sucesso quando crescer e poder visitar o Rio, onde falam "dever de casa". *"Já fez a lição de casa, moleque?"*

Liga: quando algo é bom, importante, necessário. Como se dissessem "é o que dá liga", ou "o que faz acionar, ligar". Outra gíria do rap. *"É o que liga."*

Ligar na: paulistano, quando quer conversar, não liga "para" alguém (sim, pessoas com mais de 30 ainda usam o telefone para isso), mas "na casa" ou "no celular" dela.

Lombada: quebra-molas.

Lotação: van.

Louco: qualquer coisa boa ou inexplicável. Pronuncia-se "lôco". Pode ser combinada com advérbios de intensidade, nas formas "bem lôco" e "muito lôco". É também como alguns torcedores do SPFC e do Corinthians se autointitulam. *"Cé lôco, mano?!" "Foi lôco esse dia."*

Lousa: quadro-negro de sala de aula. Na verdade, verde ou branco.

Lu: Lúcia, Luciana, Lucas, Luciano, Ludmila, Luciane, Luísa, Lucélia, Lucrécia, Lúcio, Luiz.

Má: Maria, Marisa, Marília, Marina, Mário, Marcelo. Maurício é "Mau" mesmo.

Maiô: roupa de praia, inclusive masculina. Em desuso (espero). Deve ser por isso que muitos homens de São Paulo preferem usar bermudas. *"E aí? Trouxe o seu maiô, meu?"*

Makita: qualquer furadeira. Sim, paulistano, este ser capitalista adora uma metonímia de marca pelo produto.

Malaco: mais malandro do que o malandro, "malacaço" no superlativo.

Maleta: adaptação carinhosa dos paulistanos para dizer que um sujeito é mala, chato.

Maloca: barraco, na gíria imortalizada por Adoniran Barbosa.

Maloqueiro: palavra que reúne três preconceitos ao mesmo tempo. Supostamente morador de alguma maloca (portanto, favelado), é o "pivete" de São Paulo, que faz arruaças e pequenos roubos.

Man: pronuncia-se "méin". Pronome de tratamento paulistano (mais precisamente da Vila Olímpia), em geral (mas não exclusivamente) de e para o sexo masculino, com o objetivo claro de não usar o "cara", que seria carioca demais. Sim, a origem é a palavra "man" em inglês, mas o importante é manter a identidade nacional falando como um brasileiro mesmo, com "é" e "i".

Mandioca: petisco que é frito como aipim no Rio, macaxeira no Nordeste e mandioca-mansa no Norte, provavelmente única região do país em que mais de 10% das pessoas sabem que existem dois tipos de mandioca, uma comestível e a brava, originalmente venenosa por conter ácido cianídrico, que impede o transporte de oxigênio quando entra em contato com o ferro da hemoglobina no sangue humano, mas que perde toxicidade no processo de torrefação ou cozimento, sendo usada para fazer farinha e tapioca. (Colei da internet.)

Mandioquinha ou mandioquinha-salsa: a batata-baroa do Rio.

Manha: malandragem, o "esquema" dos cariocas. Substantivo sem variação de número. No Rio, "manha" é só a birra da criança chatinha mesmo. *"Fulano tem as manha de chegar nas mina."*

Mano: vocativo dos paulistanos da zona leste equivalente aos "bróder" e "merrmão" cariocas. Serve também de nomenclatura e apelido para o estilo de vida do jovem morador da periferia paulistana, criador e falador de gírias que depois são usadas pela moçada da Vila Olímpia, assim como as roupas largas e tênis que parece uma broa vendida na Galeria do Rock.

Mano do céu: Deus, porque paulistano é íntimo Dele. *"Mano do céu, que motorista ruim!"*

Marcar: paulistano que se preze não anota nada, nem mesmo o seu pedido no restaurante. Ele "marca", tal como faz com recados, preços etc. *"Quer que eu marque o seu telefone aqui?"*

Marginal: apelido carinhoso das avenidas que margeiam os dois rios que cortam a cidade: Tietê e Pinheiros. Carioca recém-chegado ri com o canto da boca quando ouve a expressão, que no Rio é palavra masculina e sinônimo de bandido. Apesar de gostarem tanto "das marginais" (pelos seus engarrafamentos constantes) quanto cariocas curtem "os marginais", é para elas que os paulistanos correm sem pensar quando precisam fazer qualquer trajeto, mesmo que seja para ir da Vila Madalena para o centro da cidade, por exemplo.

Marmitex: a "quentinha" do carioca. Serve tanto para falar da marmita de fato, que carrega a comida de casa para o "trampo", quanto para a que você leva do restaurante.

Marronzinho: apelido carinhoso do guarda de trânsito de São Paulo devido à alegre cor escolhida pela prefeitura para o seu uniforme. O provável motivo da tonalidade é a segurança e a integridade dos funcionários, já que dificilmente serão camuflados e confundidos com árvores, que quase não existem na cidade. Trabalha para a Cê-Ê-Tê.

Martelinho de ouro: a funilaria mais artesanal. Embora muita gente considere apenas um nome mais bonito e reluzente para a mesma atividade, o "marteleiro" utiliza ferramentas específicas para pequenos e rápidos reparos sem necessidade de pintura, aplicando uma leve pressão por trás da lataria, para devolver a chapa de metal a seu estado anterior. É daquelas atividades que você só aprende a valorizar depois que tenta você mesmo desamassar seu carro na mão e provoca um resultado muito pior do que a batida original. Deve ser por isso que o paulistano dá esse nome, quase um troféu, para o profissional que realiza tal trabalho.

Mate: palavra desconhecida dos paulistanos. O carioca que quiser se sentir um extraterrestre em São Paulo deve tentar pedir um mate em qualquer restaurante ou bar da cidade. A melhor resposta que ele conseguirá será: "Chá? Não, não temos". Se tiver em copinho, peça o diet. Duvido que tenha.

Meganha: policial. Segundo a internet, deriva da expressão "me ganha" no sentido de prender o sujeito que fala a frase. Evolução de "gambé".

Mercadão: mercado municipal. Lugar onde quem mora em São Paulo leva quem vem de fora para comer sanduíche de mortadela gigante e pastel de bacalhau, como se fosse lá todo fim de semana.

Merda: paulistano também fala, mas com três "erres". *"Puta, meu, que merrrda."*

Merenda: a refeição dos minipaulistanos quando estão na escola, já que a palavra "lanche" já foi usada para designar exclusivamente o sanduíche.

Mestre: apelido elogioso paulistano, povo sempre preocupado com a educação e com a especialização profissional. Aceita variáveis, como "professor", e upgrade para "doutor", ainda que o interlocutor não tenha qualquer um desses títulos acadêmicos, nem seja muito conhecido de quem faz a homenagem. Enquanto isso, o carioca te cumprimenta falando algum palavrão, se possível mencionando a sua mãe.

Meu: vocativo clássico e indicador de posse paulistano. Mais uma abreviação do apressado paulistano, agora para o "meu irmão", ou "meu amigo", do carioca. Pode ser usado sem qualquer complemento. *"Fala, meu!"*

Mexerica: fruta que os paulistanos usam para fazer o suco de tangerina.

Pode ser pronunciada como "mixirica", vai depender do gosto do freguês.

Miado: programa ruim, vazio, provocando o som de decepção que só os gatos podem reproduzir. Também pode ser usado nas outras flexões do verbo, para algo ou alguém que decepcionou, não deu certo, deu para trás. *"Ih, vai miar o meu programa."*

Migué: mentira, enrolação, truque, dar um perdido, pequeno golpe sem maiores consequências, em nome de uma pequena vantagem, conversa mole, atitude dissimulada, com objetivo de tentar convencer alguém a fazer algo. Pode servir ainda para identificar o autor da "miguelagem". Segundo o folclore vigente, a expressão deriva de uma história (que nunca saberemos se verdadeira) de um músico que havia sido contratado para se apresentar numa casa de shows, mas que não compareceu. Quando confrontado com o furo, ele teria imediatamente respondido: "Não pude ir, mas mandei o Miguel, ele não apareceu?". De "Miguel" para "Migué" foi um pulo, conhecendo o histórico de evolução da língua portuguesa. *"Dei um migué no trabalho hoje." "Fulano é mó migué.", "Sicrano ficou duas horas de migué com a menina."*

Miguelar: verbo paulistano para quem esconde ou disfarça algo, "dá o migué".

Mina: as mina dos mano. *"As mina pira."*

Mistura: a carne, ou o que não é arroz e feijão na refeição do paulistano. *"O que vai ter de mistura hoje, mãe?"*

Mó: muito, super, de verdade, corruptela do também advérbio de intensidade paulistano "maior". *"Este livro é mó legal, hein?"*

Mocó: esconderijo, casa, bagunça. *"Este quarto está um mocó!"*

Mocozar: verbo transitivo direto paulistano para esconder ou disfarçar algo, não necessariamente de forma ilegal. *"Vou mocozar este livro aqui embaixo, para pegar emprestado depois."*

Mossa: catástrofe mundial em São Paulo, o amassado no carro do paulistano. *"Meu, olha só a mossa que você fez no meu carro! Agora, vou ter que ligar no funileiro!"*

Motô: o motorista de ônibus, equivalente ao "piloto" carioca. Como qualquer apelido paulistano, baseado em reduzir a palavra original ao mínimo e que faça ainda algum sentido. *"Fala, motô! Firmeza?"*

Na atividade: gíria dos truta de São Paulo para dizer que alguém não está dando bobeira. *"Tamo aqui na atividade, mano. Cadê você?"*

Naipe: estilo, em geral de forma jocosa. *"Olha o naipe do carinha que tá te olhando..."*

Nem fodendo: tudo tem limite. Apesar de menos saidinho do que o carioca, quando o paulistano não quer fazer algo, ele demonstra isso dizendo que não o faria nem sob a condição humana mais prazerosa possível. *"Néim fô-dê-*

in-dô que eu vou pegar a marginal a essa hora, meu!"

Nenê: paulistano, quando nasce.

No jeito: pronto, resolvido, situação fácil, mole, favorável. *"O livro já tá no jeito."*

Noia: sem acento, conforme a última reforma ortográfica. É o usuário de drogas que mora nas ruas, está sempre ligado e fazendo pequenos ganhos (furtos) para financiar seu vício. Ou qualquer maluco. Abreviação de "paranoia", pode ser aplicado no diminutivo carinhoso "nóinha". *"Esse cara é mó nóia!"*

Nóis: pronome pessoal oblíquo átono paulistano. *"Este livro ajuda nóis."*

Numas: contração de preposição com artigo indefinido do humor e do sarcasmo paulistano. *"Ih, ele entrou numas de escrever livro agora." "Ela não gostou do livro numas, né?"*

O Botafogo: como paulistas e paulistanos costumam se referir ao bairro "de" Botafogo, no Rio. Tudo bem, é realmente difícil explicar que não se usa artigo definido no caso, já que os próprios cariocas referem-se a "o Flamengo" quando querem falar do bairro vizinho. Fica ainda mais complicado dar alguma lógica à diferença de tratamento porque o artigo é essencial quando se está falando dos times que levam tais nomes.

Ô loco, meu: gíria imortalizada e espalhada em âmbito nacional pelo apresentador Fausto Silva para algo espantoso, surpreendente, e que ainda é usada por muitos paulistanos.

Opa: lê-se com acento circunflexo no "O" e significa "claro!" Pergunte a qualquer paulistano se ele pode fazer algo e, se estiver ao alcance dele, solícito e prestativo dirá apenas *"Opa!"*

Ornar: combinar, no sotaque do interior. *"Olha, acho que esse chapéu não tá ornando."*

Orra: aqui também lê-se com acento circunflexo no "O". Interjeição oitentista paulistana, normalmente acompanhada do pronome possessivo paulistano "meu", servindo para demonstrar espanto sobre absolutamente qualquer assunto, com o objetivo de ser mais educado do que o carioca, que usaria o palavrão que faz a rima e dá origem à expressão. *"Orra, meu! Nunca vi um dicionário de gírias tão completo!"*

Osso: coisa ou situação difícil. *"Nossa, meu dia tá osso!"*

Pá: verbo condicional ou numeral cardinal indefinido paulistano para uma quantidade grande de qualquer coisa, ou palavra que dá continuação a qualquer história. *"Tinha uma pá de gente na frente quando eu cheguei." "Já fui lá uma pá de vezes." "Chegamos lá na livraria e pá, o livro estava barato, pá, e nós compramos." "Se pá, eu compro logo esse livro."*

Pá e bola: conclusão de um assunto, sem concluir nada de fato, ou deixando o desfecho nas entrelinhas. *"Encontrei a mina ontem, pá e bola." "Comigo é pá e bola."*

Padoca: a rigor, padaria, mas em geral

melhor do que muito restaurante, com garçons, mesas e bufês extensos, inclusive de sopas nos dias frios.

Pagar de: fingir uma situação. *"Ih, tá pagando de namoradinha, é?"*

Pagar pau: não se sabe bem o motivo, mas, quando o paulistano gosta de uma mulher, ele "paga pau", ou "paga o maior pau" para ela, quando em outras cidades haveria métodos muito mais eficientes de conquista. A expressão vale também para admiração por alguém ou a tradicional puxação de saco (ou, um pouco mais chulo, a "babação de ovo" no Rio). Equivalente ao "dar mole" carioca, quando se refere ao interesse por outro(a). Embora o carioca seja mais romântico, já que "paga paixão". Uma das explicações possíveis é que a expressão tenha nascido da gíria "paus", para dinheiro. Então, se fulano "paga pau", é porque daria até dinheiro para o(a) outro(a).

Palito: unidade de tempo paulistana, similar ao segundo e que não permite flexão no plural. *"Chego aí em dois palito, mano!"*

Pano: roupa boa, na periferia. *"Pra pegar mina no fluxo tem que tá nos pano."*

Pans: palavra sem sentido específico, sinônimo de "pá" quando usada como vírgula, para o narrador ganhar tempo. *"Eu sei que é chato e pans, mas vou pedir. Compra meu livro?"*

Pão de Açúcar: morro do Rio onde muitos paulistanos acreditam que está

instalada a estátua do Cristo Redentor.

Pão sírio: paulistano não cometeria a imprecisão dos cariocas de chamá-lo de "pão árabe".

Papagaio: pipa (a que voa, não a de água).

Parça: corruptela de "parceiro". Amigo, camarada, logicamente sem conotação sexual, nem flexão no plural, logicamente. Há uma intensa discussão filológica entre linguistas a respeito da correta grafia da expressão, se "parsa" com "s" por a considerarem, na verdade, derivada de "comparsa". *"Chama os parça tudo pro lançamento do livro, belê?"*

Parmera: Palmeiras, também chamado simplesmente de "verdão".

Parquinho: nome da área de lazer onde as fofas crianças paulistanas brincam, mesmo dentro do prédio. Tecnicamente, é também o apelido daqueles brinquedos enormes nos quais elas sobem, entram, se penduram e deixam os pais desesperados.

Pau no cu: chato (gosto é pessoal) que atua com intenção de prejudicar os outros.

Paulista: estação de metrô que fica na Rua da Consolação.

Pê: Pedro, Peter.

Pebolim: pé + bolinha = pebolim, futebol de mesa, o jogo de "totó" do Rio. "Pimbolim" no interior.

Pegada: paulistano que se preza e quer se dar bem com as mina tem que ter pegada. É o jeito do sujeito de "pegar" a mina. Também serve para falar do jeito/

estilo da pessoa. *"Ele tem uma pegada meio surfista, né?"*

Pego: presente do subjuntivo do verbo "pegar" na primeira pessoa paulistana do singular. *"Quer que eu pego? Quer que eu vejo isso para você?"*

Pelamor: pelo amorrr de Deus, com provável origem no interior e destaque nos três "erres" do fim.

Perdão: forma mais paulistana de pedir desculpas, também para valorizar seu "erre" extenso. *"Perrrdão, meu."*

Periferia ou perifa: São Paulo não tem subúrbio, tem periferia ou "perifa", que é onde moram os "suburbanos" de São Paulo (afinal, ninguém é chamado de "periférico"). Perifa é qualquer lugar longe (a mais de duas horas de trânsito) do centro ou da Avenida Paulista, basicamente nos limites pobres da cidade. Isso se não tiver dinheiro, claro. Se tiver dinheiro, o bairro muda de nome e o sujeito deixa de dizer que mora no Tatuapé, para falar que vive no Jardim Anália Franco, por exemplo.

Perua: van que leva as crianças para a escola, kombi ou qualquer transporte sobre rodas em que caibam mais de cinco pessoas e que seja menor do que um ônibus.

Pico: lugar muito bom, "point" ou simplesmente qualquer lugar. Em desuso, assim como "point". *"A mina já tinha ido embora quando eu cheguei no pico."*

Pila: moeda em circulação na periferia paulistana. Embora tenha plural, "pilas", evita-se usá-lo. *"Não acredito que você pagou mais de dez pila neste livro!"*

Pinha: fruta-do-conde.

Pinto: ave eufemística que mora no lugar do pênis do paulistano. Enfim, é como o paulistano se refere ao membro sexual masculino.

Pirar: verbo transitivo indireto paulistano para curtir muito algo. *"Pirei neste livro, mano!"*

Pirar o cabeção: enlouquecer mesmo. Pode ser usada para falar de alguém que o atrai, deixando em dúvida a respeito de qual cabeça estamos falando.

Pisante: tênis, bota, sapato, qualquer calçado que se usava até os anos 1990, tipo Conga, Kichute ou "Montreal, porque você é jovem".

Pista expressa: a pista que não anda das marginais em São Paulo.

Plural: desconhecido dos paulistanos. Em São Paulo, quem determina "os plural" são "os artigo", o substantivo não muda, embora o paulistano goste de enfiar um "s" no fim das palavras aleatoriamente. É por isso que os cariocas imortalizaram a infame piada de que paulistano toma "um chopes" e come "dois pastel". Só se esqueceram de acrescentar que o paulistano também veste "um shorts" quando está calor e que pastel bom mesmo é nas feiras de rua.

Póça: ao contrário do que insistem em dizer os telejornais baseados no Rio, São Paulo fica cheia de "póças" d'água quando chove, não "pôças".

Ponta-cabeça: como paulistanos ficam quando estão "de cabeça para baixo".

Ponta firme: quando o sujeito é "sussa", de confiança, que não vacila, também conhecido simplesmente como "firmeza", com destaque para o "erre". *"Fulano é ponta firme, é firmeza, mano."*

Ponte: paulistano gosta tanto de uma obra, que, quando um feriado cai na quinta-feira, faz uma "ponte" na sexta (se não for jornalista, claro) ligando o feriado ao fim de semana.

Porco: apelido dos torcedores do Palmeiras e do próprio time.

Porpeta: mais um caso clássico em que a pronúncia influenciada por algum sotaque se sobrepõe à norma culta. No caso, trata-se da "polpeta" ou do "polpetone" italianos, bolos de carne recheados que podem acompanhar alguma massa, se você der conta de comer o prato todo.

Poupatempo: lugar de São Paulo no qual você não perde menos de duas horas do seu dia, mas que resolve tudo da sua vida, até unha encravada. Se der sorte, você ainda pega uma gripe de alguma das 500 pessoas na mesma fila em que você está e já aproveita para faltar ao trabalho, com um atestado comprado de algum prestativo "médico" da Praça da Sé (deve ter esse nome para economizar o tempo dos funcionários dos outros órgãos).

Praia: qualquer cidade do litoral, não necessariamente a parte da areia. *"A família da minha mina adora ir pra praia de fim de semana e ficar em casa."*

Praia Grande: Araruama.

Prainha: quando um paulistano fala com a tranquilidade de um morador de Ipanema que vai à "prainha", pode ter certeza de que ele está falando do conjunto de bares da Alameda Joaquim Eugênio de Lima, próximo à Avenida Paulista e à Faculdade Cásper Líbero.

Pré ou prezinho: o antigo primeiro ano do ensino fundamental. Embora em desuso, ainda causa estranheza aos cariocas igualmente mais velhos, como o autor deste livro, que chamam o mesmo estágio de C.A., "Classe de Alfabetização".

Pri: Priscila.

Pum: onomatopeia infantopaulistana para o peido, ou melhor, a flatulência. Aliás (alerta de escatologia adiante), carioca passa a "cagar" e "mijar", não mais "fazer cocô" ou "xixi" depois que completa seis anos de idade.

Punk: qualquer situação difícil. *"Nossa, tive um dia punk no trabalho."*

Puta: interjeição, adjetivo e advérbio de intensidade paulistanos. Como interjeição, deve vir acompanhada da gíria "meu", para não parecer que você está xingando sua interlocutora (a não ser que seja essa a intenção). *"Puta chata"* não necessariamente se refere a uma prostituta que não dá desconto. Portanto, evite a ambiguidade de construções como essa, se só quiser dizer que uma mulher é desagradável. *"O casamento* *foi puta emocionante, a noiva tava puta linda, meu." "Eu tenho uma puta consideração por você." "Isso é uma puta falta de sacanagem."*

Puta merda: o "caralho" dos paulistanos, usado para valorizar o seu sotaque (destaque na entonação do "erre" da "merrrda") e outra das primeiras expressões que os não paulistanos aprendem. Afinal, se só é possível filosofar em alemão, se aborrecer com os problemas locais de São Paulo, faz mais sentido xingar no sotaque local.

Quebra: propina, suborno, "quebra-galho". *"Quanto é o quebra para tirar carta aqui nesta autoescola, mano?"*

Quebrada: qualquer lugar, mas muito usada para falar de locais obscuros, como uma rua escondida, maltratada ou perigosa. Você vai reconhecer uma quebrada quando vir uma. Vale tanto para dizer *"entra naquela quebrada ali à esquerda para chegar lá"*, quanto *"meu, ele mora numa quebrada..."*

Quebrar as pernas: o paulistano extravasa toda sua raiva, violência e dramaticidade, e de uma forma até masoquista, quando alguma coisa mínima que seja sai do controle. *"Pô, meu, assim você quebra minhas pernas"*, falando com a maior calma do mundo quando alguém simplesmente desmarca um encontro em cima da hora e prejudica toda a programação do dia.

Queimada: o jogo de "queimado" em São Paulo.

Rachar o bico: gíria paulistana catastrófica para "morrer de rir", "cair na gargalhada". A primeira vez que você ouve, pensa em aves se acidentando. Depois, também. Pode ser substituída por "rachar de rir", ou simplesmente "rachar". *"Meu, tô rachando com este livro!"*

Rancar: arrancar, retirar. Proveniente do interior. "Ranca logo esse dente!"

Rapa do tacho: o resto, no fim ou ainda apelido para filho temporão, o que sobrou para ser rapado (ou raspado) no fundo da panela. *"Estou na rapa do tacho hoje."*

Rê: Renata, Renato, Reinaldo, Rebeca, Renan, Reginaldo.

Rebouças: é "a" Rebouças, pois é o nome da avenida, e não "o Rebouças", amigo carioca.

Refri: refrigerante.

RG: "documéinto" de identificação, "érre-gê", de Registro Geral. Uma das primeiras siglas que o carioca aprende a usar em São Paulo, no lugar do que ele chama de "identidade" ou "carteira".

Riviera: de São Lourenço, em Bertioga (quem falou em Europa aqui?).

Rô: Rogério, Rosana, Roberto, Roberta, Ronaldo.

Roça: problema grande, dificuldade quando algo dá errado para alguém. Mais utilizado na forma "estar na roça", porque, afinal, trabalho pesado é o do campo e a vida na cidade grande é leve e tranquila. *"Eu tô na roça se não conseguir entregar o texto do livro para o editor no* *prazo." "Amanhã meu dia vai ser roça."*

Rochinha: picolé tradicional do litoral norte paulista, que hoje pode ser encontrado em carrocinhas *hipsters* nas mais diversas festas e nas melhores casas do ramo da capital paulista. É o Geneal ou o biscoito Globo de São Paulo.

Rolê: passeio ou simplesmente o programa, a balada do dia, o lugar de encontro. *"Peguei várias minas no rolê ontem.", "O rolê tava vazio ontem, hein?"*

Rolezinho: encontro de jovens, em geral da periferia.

Ruim: paulistano gosta tanto de reclamar que, quando não curte algo, reforça o "i" da palavra "ruim". E também para se diferenciar dos cariocas.

Sacolão: hortifruti.

Salsão: verdura com o mesmo cheiro, gosto, cor e forma do aipo do Rio.

Salseiro: confusão.

Salve: interjeição e substantivo do hip-hop paulistano para quem chega ou sai. *"Ih, daqui a pouco essa mina te dá um salve!" "Quando puder, mande um salve aí."*

Salve geral: rebelião coletiva, toque de recolher.

Sandália: o que o paulistano usa para ir à praia e o carioca chama de chinelo.

Santa Ifigênia: a Uruguaiana de São Paulo, mais sofisticada e com mais orientais como vendedores, que entendem português muito bem até a hora em que você pede desconto. E, sim, é com "i", e não Efigênia, o nome da santa.

Semáforo: sinal de trânsito, pelo seu nome oficial.

Se pá ou se pans: talvez, quiçá, condição para algo acontecer, sem dar muitos detalhes. Sinônimo de "de repente", "se der", "se rolar", "se bobear". Raramente acrescenta informação ao diálogo. Também pode ser usado na forma "se pans". *"Se pans, eu chego lá mais tarde."*

Sem novidade: expressão do paulistano para dizer "sem problemas", mesmo que a informação dada pelo interlocutor seja de fato uma novidade e a pessoa não te conheça (e também não queira ser antipática). *"Vou pagar no cartão, ok?" "Sem novidade."*

Shorts: short (a peça de vestuário) ou bermuda. *"Fiquei o dia todo de shorts."*

Si: nota musical, Simone, Sidarta.

Sil: Sílvia, Sílvio, Silvana, Silmara.

Sissi: se achando, se sentindo. *"Ela tá sissi a esperta, né?"*

Sorvete de massa: sorvete.

Sorvete de palito: picolé.

Suave: forma malandreada do paulistano dizer "ok", "combinado", "tranquilo", "beleza", "de boa", amplamente difundida pelo mundo do rap, possivelmente derivada do "smooth" dos gringos. Você pede para o sujeito te quebrar um galho e ele diz: "suave", ou "suave na nave" só porque rima.

Supimpa: algo muito legal, na gíria *vintage* imortalizada pela dublagem brasileira para o personagem Seu Madruga, do seriado (nem tão) infantil Chaves, transmitido pelo SBT desde os anos 1980.

Sussa ou sossegado: paulistanos não são "tranquilos". São, no máximo, "sússas" ou "sussús", abreviações de "sossegado", gíria original para alguma coisa ou pessoa considerada tranquila, mais carinhosamente, "sussinha". Sinônimo de "tudo bem" ou o "beleza" dos cariocas. Antônimo para "muito lôco" ou "embaçado". *"Fulano é sússa." "Tô sussú."*

Szé: alguém no interior perguntando "esse ônibus aqui vai para São José dos Campos (ou São José do Rio Preto)?"

Tá: Tatiana, Taís, Tainá, Talita.

Tá ligado: expressão para testar o canal, mostrar que alguém está atento ou perguntar se o outro está entendendo o que você está falando. Serve ainda para reforçar uma atitude. *"Tá ligado naquele bar da República?" "Não vou fazer nada disso, tá ligado?"*

TCC: Trabalho de Conclusão de Curso, como os paulistas e quase todo o país chamam o trabalho feito ao fim da graduação para obtenção do diploma de curso superior, e que os cariocas chamam de "monografia".

Terminal: ponto final (de ônibus) em São Paulo. É fácil se lembrar da expressão, pois também remete à forma como muitas dessas instalações se encontram.

Tesão: gíria retrô paulistana para qualquer coisa legal ou interessante, mesmo que não esteja relacionada a uma pessoa, ou a manter conjunção carnal com ela. E prova de que é difícil entender como os paulistanos se relacionam com o sexo. *"Puta, mó tesão aquela balada, meu!"*

Tiozão ou tiozinho: o sujeito mais velho, mas que não sabe (ou não acha) que é.

Tiozera: coisa que só tiozão faz.

Tirar: paulistano não sacaneia ninguém. No máximo ele "tira", mesmo sem dizer o quê. Provavelmente deriva do "tirar onda". *"Qual é? Tá me tirando, meu?"*

Tirar um barato: tirar onda com a cara de alguém.

Toddynho: qualquer achocolatado.

Top: se uma mina é gata em São Paulo, ela é "tópi", provavelmente de "top model". Expressão usada pela mesma galera que fala "méin" para chamar um amigo. Também serve para qualquer coisa que se queira dizer que é interessante. Pode ser usada ainda nas formas coxinho-exageradas "muito top" ou "suuperr tópi". *"A viagem foi tópi, megablaster."*

Toscana: pizza de calabresa com queijo.

Tostex: como os paulistanos chamam o misto-quente ou qualquer sanduíche que seja prensado na chapa (com exceção do cachorro-quente com purê de batata), e expressão que o carioca, mesmo morando há décadas na cidade, não consegue usar, pronunciar ou mesmo entender, e sempre acaba chamando de "bauru" ou "baguete".

Total: sim, concordo, "com certeza", apoio incondicional. Quando quiser concordar com algo que foi dito. Use de forma solta e independente, sem nada antes ou depois. *"Vai comprar este livro?" "Total!"*

Trampo: paulistanos não trabalham. Eles "trampam". A expressão serve para designar tanto um emprego quanto um bico, ou simplesmente para dizer que algo é trabalhoso. Segundo o dicionário Aurélio, "trampo" pode significar "armadilha". Faz sentido.

Tranqueira: sujeito que só faz besteira, come porcaria, se estraga, ou pessoa não muito avantajada fisicamente. *"Fulano é mó tranqueira."*

Trash: algo ou alguém de gosto duvidoso. Virou *cult* nos últimos anos.

Tremoço: tira-gosto sem gosto típico paulistano. Pequenas sementes servidas em conserva pelos botecos mais tradicionais. Vem caindo em desuso com a prevalência dos bares "estilo carioca".

Treta ou tretar: briga, discussão, entrevero. Na forma verbal, significa "arrumar confusão". Também serve para definir uma situação difícil, talvez com origem na dicionarizada "mutreta", sinônimo para golpe. *"Puta, meu, fui na padoca comprar uma brêja e um mano quis tretar comigo." "Qual é a treta, meu?" "Esse negócio é mó treta, meu!"*

Tricolor: o Fluminense de São Paulo, vulgo São Paulo Futebol Clube.

Trouxa: xingamento clássico e geral paulistano, não apenas para o sujeito que é passado para trás como no restante do país, mas também para o que tenta ser esperto. *"Olha o trouxa ali furando o farol, mano."*

Truque: variação para o "migué", o golpe paulistano. *"Ih, vou dar o truque no trabalho hoje."*

Truqueiro: os cariocas, na definição dos paulistanos. Serve tanto para dizer que o sujeito "dá o truque" quanto para dizer que é um jogador de truco nato, malandro.

Truta: os mano dos mano, também sem variação de número. *"Fulano é meu truta."*

Tubaína: qualquer refrigerante no interior.

Turma: a galera do paulistano. Valorize o "erre" na hora de falar.

Valet: pode chamar de manobrista mesmo.

Vamos estar entrando em contato: não responderemos.

Van: Vanessa, Vanusa, Vanderson.

Vê lá: expressão desafiadora de alguns lugares do interior, como a de quem diz "até parece". *"E você acha que eu ia deixar de comprar este livro? Vê lá…"*

Véi, *véio* **ou velho:** vocativos para amigo ou qualquer pessoa independentemente da idade ou gênero, sendo a última forma mormente aceita pelos mais eruditos e da qual variam as corruptelas "véio" e sua própria forma corrompida, "véi". Por incrível que pareça, "velho" e "véio" também servem para se referir a um homem com idade de fato avançada, ou ao pai de quem as pronuncia. *"Véi, não sabia que São Paulo tinha* *tanta gíria assim...*"

Véia: forma aparentemente pejorativa, porém carinhosa, de se referir a uma mulher idosa ou mesmo a mãe de quem fala. Não deve ser confundida com a flexão no feminino de "véio" para chamar uma amiga mulher jovem, variação que simplesmente não existe. Pelas regras da última reforma ortográfica, "véio" e "véia" deveriam ter passado a ser grafadas "veio" e "veia", mas eu me recuso a escrever assim.

Vejinha: a *Veja Rio* de São Paulo.

Vibe: leia "váibe". Para dizer como está o humor de uma pessoa ou o clima de uma festa, o paulistano recorre à palavra em inglês, que quer dizer exatamente a mesma coisa no original. Até porque seria bem esquisito falar "como tá a vibração aí?" *"Putz, meu chefe está numa vibe de me deixar até tarde hoje." "Pô, a praia não tava com uma vibe legal ontem..."*

Vida lôka: evolução do malandro da periferia, associado ou não à criminalidade. *"Fulano é vida lôka."*

Vila: apelido para qualquer bairro com nome de "vila" em São Paulo, comumente usado para falar da Vila Madalena, carinhosamente "Vila Madá".

Vira: em São Paulo nada se perde, tudo se transforma. Por isso, quando algo dá certo na cidade, o paulistano diz que a coisa virou. *"E aí? Este livro vai virar ou não?"*

Xarope: sujeito chato, que não cura tosse. *"Fulano é o maior xarope, meu!"*

Xavecar: paquerar. Serve também para convencer alguém a fazer alguma coisa, não necessariamente sexual. O curioso é que, assim como o "azarar" do carioca pode significar trazer azar a alguém, "xavecar" também pode significar "agir de forma desonesta".

Xaveco: "cantada" *lato sensu* em São Paulo. *"Dei um xaveco no meu chefe para sair mais cedo."*

Xeróx: fotocópia, com acento no "o".

Zé Graça: sujeito que se acha engraçado. "Ô, Zé Graça, fala aí..."

Zero bala: novo, zero-quilômetro, renovado. *"Tô zero bala depois desse cochilo da tarde."*

Zica: ver o ônibus ir embora quando você está chegando no ponto. É o azar do paulistano, urucubaca. Também vale para identificar o sujeito azarado ou "zicado". Dizem que a origem da palavra é a brasileiríssima "ziquizira". *"Cara, tô com uma zica esta semana!"*

ZL ou zolé: zona leste, a "zê-éli".

Zoado: algo estragado, ruim, sujo. Pronuncia-se "zuado". *"O trem hoje tava zuado, mano."*

Zoar: sacanear.

Zoeira: fala-se "zuêra". É a "zoação" do paulistano, sacanagem ou o próprio "zoão". *"Tá de zuêra, meu?!" "Fulano é zuêra..."*

Zoião: pronuncia-se "zóião". Apelido da periferia paulistana para o sujeito invejoso, "olho grande". Perdeu o acento na última reforma ortográfica, mas fica bem mais legal com ele.

Afinal, qual cidade é melhor?

Na internet é possível encontrar a pesquisa que você quiser, com a resposta que interessar. Inclusive pesquisas que mostram que o certo é falar biscoito, e outras tantas que garantem que bolacha é a palavra correta.

Apenas a título de curiosidade, um levantamento feito com ajuda dos dados do Google Trends e publicado pelo blog Hashtag, da *Folha de S.Paulo*, mostra que a palavra "biscoito" é mais procurada em quase todos os estados do país. No Paraná, Santa Catarina e Rio Grande do Sul, "bolacha" é mais procurada. Acre, Amapá e Roraima não dispõem de dados suficientes para uma análise justa. Mesmo em São Paulo, a busca por "biscoito" é maior. Vai entender...

Em outra pesquisa, publicada pela revista *Superinteressante*, ficou demonstrado que, considerando a população somada das regiões de prevalência de cada expressão, "bolacha" ganha, pois teria o voto de 110 milhões de brasileiros contra 99 milhões a favor do biscoito.

Decidir quem está certo nessa escolha passa longe do objetivo deste livro. O objetivo é ser vendido, o que me faz não querer desagradar nenhum dos públicos.

Rio é melhor

O Rio é a cidade preferida de 40% dos que responderam, percentual que dispara para 78% quando direcionada apenas aos cariocas, despenca para 14% entre os paulistanos. Já São Paulo é a preferida de 34% dos entrevistados em geral.

São Paulo é melhor

O percentual dos que preferem São Paulo aumenta para 54% quando a pergunta é feita apenas para paulistanos, e encolhe para 7% entre os cariocas em geral. Ou seja, só comprova a existência de bairrismo, sem qualquer critério objetivo.

Se fôssemos usar os entrevistados de outras cidades que não Rio e São Paulo para o desempate, no entanto, São Paulo venceria, pois tem a preferência de 40% deles, contra 29% que gostam igualmente das duas cidades, e outros 29% que preferem o Rio.

Pau de arara rules!

Tanto Rio quanto São Paulo ganham espaço nos corações de quem nasceu na cidade rival quando a pessoa passa a conhecê-las melhor. A predileção pelo Rio entre os cariocas que vivem em São Paulo cai para 54% – mantendo-se na liderança, portanto –, enquanto os votos a favor de São Paulo sobem de 7% para 25% nesse mesmo público, e 21% passam a gostar igualmente de ambas.

Pegando o voo no sentido inverso, 42% dos paulistanos que vivem no Rio gostam tanto de uma cidade quanto da outra, 32% ainda preferem São Paulo e 26% votam no Rio.

Granero feelings

Quando perguntados se morariam ou continuariam morando em cada uma das cidades, 63% dos entrevistados em geral disseram que topariam permanecer no Rio e 68% afirmaram que ficariam sem problemas em São Paulo. Entre os cariocas, 76% pretendem morar ou seguir vivendo no Rio e 50% também aceitariam São Paulo como moradia. Curiosamente, paulistanos parecem mais abertos para o que vem de fora, ao mesmo tempo que podem ser até mais bairristas: 53% dizem que morariam no Rio e 80% também topariam viver em São Paulo.

Questionados se continuariam morando em São Paulo, 88% dos retirantes cariocas dizem que sim, ao mesmo tempo em que um percentual menor, 58%, também topariam voltar a morar no Rio. Entre os paulistanos do Rio, 79% dizem aceitar ali permanecer numa boa e 68% também voltariam para São Paulo sem problemas.

São Paulo 6 x 4 Rio

Nas perguntas por itens, para avaliar sob quais critérios uma cidade é melhor do que a outra, São Paulo foi a grande vencedora em educação das pessoas, atendimento – com invejáveis 82% dos votos –, comida (78%), oportunidades profissionais e de ensino, transporte público e táxis (e taxistas), seis itens, portanto.

Já o Rio lidera em quatro quesitos: beleza da cidade – quase por unanimidade, 92% –, simpatia das pessoas, opções de lazer e clima, conforme visto ao longo dos capítulos deste livro.

Disputa por pênaltis

Rio e São Paulo foram considerados igualmente ruins pela maioria do público votante em segurança (45%), trânsito (48%) e custo de vida (39%). Em nenhum critério venceu a hipótese que considerava as duas cidades igualmente boas em qualquer aspecto. Ou seja, ou você ama uma das cidades em algum aspecto ou odeia ambas igualmente.

Brasil x Argentina

Um grande alívio que essa pesquisa deu foi confirmar que apenas 8% dos paulistanos e 9% dos cariocas consideram a rivalidade entre Rio e São Paulo uma coisa séria. Praticamente dá empate, mas é claro que o sujeito de São Paulo pode usar isso para tirar onda com o carioca. Porque, com certeza, é o que o carioca faria.

Talvez justamente pela insistente implicância de alguns cariocas – que nem todo mundo entende como piada –, o percentual dos que acham que a discussão merece intervenção da ONU pula para 16% entre os paulistanos que foram morar no Rio (calma, gente).

Curiosamente, é o mesmo percentual de pessoas de outras cidades que acham melhor separar porque é briga. Já entre os cariocas que vivem em São Paulo, apenas 4% continuam levando essa discussão para suas sessões de psicanálise.

Súmula da partida

A pesquisa foi feita on-line, entre os dias 2 e 13 de setembro de 2015, reunindo respostas de 520 pessoas, entre cariocas (35%), paulistanos (39%), brasileiros de outros estados e eventualmente estrangeiros em geral (26%). Resultado completo em: https://pt.surveymonkey.net/results/SM-DWXK8ZC2/.

Acabou! Acabou! É tetra!

Os números podem sempre ser torturados até entregarem o que queremos ouvir, mas alguns resultados não deixam de ser curiosos e podem servir na sua próxima discussão no bar para provar que a sua cidade é mais legal do que a do amiguinho. Se não conseguir convencê-lo, dê este livro para ele. Certamente terá argumentos a seu favor. E contrários também.